Scripto

Nastasia Rugani

JE SERAI VIVANTE

Gallimard

« Ce n'était qu'une histoire —
Et alors si vraiment
Il y avait bien ce cercueil-là
à sa place — dans mon cœur ? »

Emily Dickinson

(Le poème sans nom datant de 1859 est extrait des *Poésies complètes*, édition bilingue, traduction française par Françoise Delphy, Flammarion, 2009 et 2020)

Depuis que je suis entrée dans votre bureau étriqué, Monsieur l'officier, vous attendez une jupe en lambeaux, du sang sous les ongles et des témoins. Je crois que vous auriez préféré une foule rugissante devant mon corps dévoré par des chiens haineux ; leurs babines rosies de moi ; mes os à vos pieds.

Des preuves à récolter.

Un viol à voir.

Moi, j'aurais préféré ne jamais me rendre sous le cerisier, il y a trois mois, en avril dernier.

Des aveux de saleté, je n'en manque pas. Seulement je ne peux pas montrer mes organes. Mes ruines se dressent au milieu de mes abats. Bien sûr mes vêtements de chair ont l'air propres. Mon tee-shirt d'un bleu sage sur ce jean à la droiture ample ne laisse rien paraître du crime. Je sens le shampoing nacré de ma mère à chaque fois que je baisse la tête. Et je la baisse souvent. Cette odeur visqueuse de fruits d'été, comme des mouches agrippées à moi, me rappelle à vous. Il me semble, Monsieur l'officier, que vous devinez la pourriture sous mes cheveux sucrés. D'une certaine façon, je crois que ma douleur vous écœure. Je remarque le pincement de votre nez. Votre nez, telle une courte falaise surplombant le bas de votre visage si raide. J'observe vos narines se tendre au moindre mot vif et rouge que je prononce en tremblant. *Mal. Culotte. Suffoque. Braguette.*

Aussi je fais silence.

Vous prenez mes creux pour des mensonges. Vous expirez fort comme si vous étiez sur le point de vous moucher. Répétez mes phrases afin de les retourner contre moi. Vous m'obligez à devenir mon adversaire. « C'est bien cela qu'il a dit ? Avant ou après avoir bloqué ton bras au-dessus de ta tête ? Tu as dit *avant* tout à l'heure. Tu ne te rappelles pas ? Tu n'es plus sûre de toi ? » Répondre à vos questions, Monsieur l'officier, ne libère aucune parole. Le viol continue de souffler mon être. Vous n'ajoutez que ronces et cailloux aux rafales. Des crachats sur des plaies ouvertes. Alors que j'essaie de formuler ce qui est en moi, vous me dépossédez de mon fil de mots ô combien usés d'être répétés. Votre voix de fer. « Articule. Sans balbutiement cette fois. » Vous me forcez à parler plus fort, si fort que je chancelle. J'ignore comment tenir assise sur cette chaise en plastique au dossier poisseux.

Je grince.

Pourquoi? Pourquoi ne pas me laisser le temps de revoir sans m'étouffer? Pourquoi me retirer la possibilité de penser à ce qui sera le moins insoutenable à dire à un inconnu? Pourquoi n'ai-je pas le droit de détourner les yeux de mon viol? Moi non plus, je ne comprends pas. S'il existe des brumes et des failles dans mon histoire, des minutes en fuite, c'est parce que je n'ai pas songé, pendant, à prendre des notes.

Vous insistez.

Votre voix s'élève contre mes hésitations, mon aigreur, mes sourcils stupéfaits. Mon alphabet s'effrite et ma parole tombe à côté de ce que je veux vraiment raconter.

– N'omets aucun détail, ordonnez-vous. Sachez que je n'oublie pas la précision de l'horreur. Pour oublier, il faudrait s'évader de moi et de votre visage réticent, de votre haleine fatiguée de poser des questions meurtrières. C'est vrai. Je ne vous cède que des contours. Je me cache. Je prends des virages, la langue dans le trouble car vous répondre me blesse. J'ai presque la sensation d'être mordue par vos dents en avant qui se chevauchent. Je redoute vos lèvres gondolées de gerçures; deux mottes de terre sèche. Ou peut-être est-ce le sol lustré qui m'attaque? Ce lino sur lequel semblent se faufiler des colonies d'insectes s'apprêtant à me grimper dessus. Me fouiller. Plus je fixe le gris moucheté par terre, plus il grouille, menace de pénétrer mes fissures. Comme preuve de ma crainte, je soulève mes pieds. Je les maintiens à quelques centimètres au-dessus des nuisibles. Demeurer dans cette pièce humide et sans fenêtres me démolit. L'odeur du thé froid posé devant moi me pique. Ou bien s'agit-il de votre incapacité à m'entendre?

Je n'emploie sans doute pas le ton juste. Je cherche l'inflexion de la voix qui saura dire. Car il ne s'agit pas d'une anecdote de lycéenne. Je ne vous raconte pas mes vacances. «Je vais faire des courses» ne se formule pas de la même façon que «le garçon m'a violée». Je ne prononcerai pas son nom, je refuse de former ce son dans ma bouche. Je ne peux pas exprimer le viol avec la netteté que vous espérez.

Cette clarté n'existe pas.

Le crime se décompose à l'instant où je le saisis. En morceaux. Les pensées se dégradent pareilles à la mousse verdâtre recouvrant l'écorce de certains troncs morts. Il ne reste que des taches et une odeur végétale. Je revois l'arbre. Sous la densité du garçon, le dos de mes vêtements s'est poinçonné des champignons poussant sur le cerisier. L'écrasement éternel de ma colonne vertébrale contre les racines pointues; ça ne vous intéresse pas. Je sens l'humus noir depuis ce dimanche d'avril. Alors je songe de nouveau à me laver, ici. Effacer. Frotter. Et me rincer de vous et de l'anatomie meurtrière.

Interminable toilettage des boyaux.

Nausée de chair.

Mes deux mains couvrent ma bouche.

Toutes vos paroles me salissent. Vous montrez du doigt mes erreurs.

– Tu n'aurais pas dû te doucher après le viol, reprochez-vous sur le ton d'un soldat. Tu aurais dû attendre.

C'était il y a trois mois, me dis-je en fixant le trou dans la plinthe, sous votre bureau encombré. Je me demande bêtement si je pourrais m'y cacher le temps que tout ceci continue. Ma présence n'est pas nécessaire pour aligner mes fautes, et dégommer ma réalité.

Que la terre s'ouvre et me dévore, s'il vous plaît.

En attendant ma prière exaucée, je garde ce silence à l'intérieur duquel je vous parle. Je n'ai rien à répondre à *tu aurais dû.*

Tu aurais dû crier

Tu aurais dû aller à l'hôpital

Tu aurais dû garder tes sous-vêtements

Tu aurais dû porter plainte

Tu aurais dû venir au commissariat plus tôt, juste après

Tu aurais dû !

En vérité, vous ne savez pas ce que j'aurais dû. Êtes-vous seulement capable de vous l'imaginer ? Je ne crois pas. Sentir la peau du garçon palpitant sous mes nerfs lorsque je m'assois nue, dans la baignoire encore tiède du bain de ma mère. Les perles d'eau semblables à cette pluie d'avril sous l'arbre fruitier. Je risque d'être prise au piège sous le flot tiède et le savon. Vous ignorez la crasse infinie malgré les zébrures de la brosse à ongles sur mes cuisses. Combien d'heures faut-il gratter les endroits où la peau est si fine ? S'éplucher les poignets. Les empreintes des griffes du garçon au creux de mon pouls dérangé. Je suis empaillée de lui ! Est-ce que vous comprenez ? Mon sang n'est plus mien !

Alors non, Monsieur l'officier, je n'aurais rien dû. Rien du tout. Mon seul devoir, après, n'était pas de penser à ma plainte mais de me lever. Ne pas creuser la terre sous mon corps afin de m'y enterrer. Me lever. Cette lucidité, je l'ai eue. Au cœur de la mort, je me suis mise debout.

Pour le reste, je ne dois rien à personne.

À présent, mon silence s'enrage contre vous.

Je guette la moindre oscillation de vos sourcils. Il y a si peu de mouvements sur votre visage. Tout juste un frémissement, toujours à l'instant où j'hésite. Je flotte entre deux mots parce que le viol a existé. Je titube de dégoût. J'ai honte de vous raconter ce que j'ai vu et senti et tenu et avalé et subi et enduré. J'AI HONTE! Parce que je lui ai souri longtemps, avant. Parce que je voulais son baiser aux commissures de mes lèvres, sa langue dans ma bouche. Parce que je l'ai choisi, lui, le garçon que vous défendez.

Vous avez construit notre opposition dès le départ. J'ai hissé la tête vers vous, Monsieur l'officier. J'essaie encore, fouillant mes entrailles dans le seul but de vous les montrer. Toutefois, vous demeurez en hauteur lorsque je chute. Quand je crois mourir de dire, mourir de honte à me décrire en ruine, vos yeux restent ces deux souterrains où l'on ne peut trouver refuge. Dès lors que vos doigts froissés se sont posés sur le clavier poussiéreux, j'ai entendu le bruit de nos gardes respectives. Vous avez retiré des miettes entre les carrés du *a* et du *z*. Après quoi vous avez frappé ma vérité sans jamais lever les yeux vers moi. Vos pupilles ont parfois fixé un point au-delà de la chaise, comme au-delà du crime, puis un autre, à quelques centimètres de la cime de mon crâne. Je me suis retournée pour inspecter vos positions. Vos échappées dans mon dos. Il n'y aura donc aucune jonction entre nous, entre le clavier et mes lèvres à bout de langage. Rien qui puisse nous lier.

Allez-y, me suis-je dit, *préférez ce mur beige et lisse tandis que je récite dans ma tête* :

« Sous le cerisier,
Ma tombe se dresse,
À l'endroit des vies écrasées,
Les pétales devenus fous,
des centaines à s'adresser à ma place,
à quitter cet avril du dessous,
ce cimetière où ma chair s'est enracinée. »

Ce tas d'alphabet est le mien. Je l'ai écrit quelques jours après. Il est bancal mais il existe. C'est sa valeur et la seule qui compte. Je comprends en le relisant qu'il s'agit d'une preuve de ma mort. Pourtant, des preuves d'outre-tombe, personne n'en veut.

Ma tombe se dresse.

Cette phrase que je ne vous lirai pas, Monsieur l'officier, je la garde dans ma poche – toujours – afin de me rappeler ma première pensée. Les sept lignes aux allures de poème sont sorties du néant, cinq jours après le viol.

Avez-vous déjà passé cinq jours sans penser? Vous est-il déjà arrivé de croire que votre esprit s'était complètement éteint? Privée d'idées et vide de sentiments, je continuais de marcher. Je ressemblais à un renard des savanes, ce crétin de carnivore dont l'espèce subsiste malgré la déforestation. Moi, le bon petit chien à collier, l'enfant sage depuis mes premiers pas, je me tenais dévastée, à la lisière de mon paysage, sans m'en exclure. Je mangeais je répondais aux questions je m'exclamais « à demain ! » en souriant. Je décousais les mots de leur sens. J'effeuillais les contenus de la vie et de mon chez-moi. D'ailleurs, le chez-soi n'a aucun sens quand on se comporte comme une poule à qui on a coupé la tête. Mon corps continuait de courir à travers champs, le sang jaillissant en feux d'artifice. Peut-on vivre longtemps ainsi, à l'endroit du néant? Ne doit-on pas envisager *demain* avant de le prononcer vraiment? Ne sommes-nous que des habitudes de cordes vocales? Des « *bonjour* » polis? Des mécanismes de nerfs et de muscles? Se lever, s'habiller, monter dans un bus? Je n'ai pas pu me poser ces questions avant ces cinq jours de rien. Alors ce vendredi de mots, enfin, je me suis demandé si j'étais encore en vie. « Est-il possible d'être au monde sans exister ? » a conclu quelqu'un à la radio, en ce jour de poème. « Oui », ai-je prononcé à voix haute, au milieu de ma chambre pâle, une feuille entre les mains. Oui, mon âme a succombé sous le cerisier; la profondeur de mon intime primitif; l'essence de mon unité.

Ma racine est morte.

Sous le cerisier, ai-je commencé à écrire.

Je vous imagine découvrir mon papier et me lancer une remarque, quelque chose du type : « Vous les jeunes filles, vous écrivez bien des journaux intimes. Pourquoi n'as-tu pas écrit ton viol juste après ? » Je souris à l'intérieur pour ne pas arracher ma langue. Car vous pensez me connaître, Monsieur l'officier. Moi, l'adolescente qui représente toutes les adolescentes de ma famille abîmée ; triste queue-de-cheval ; yeux dépourvus de reflets ; taille moyenne ; oreilles percées ; banale, donc élève moyenne et naïve. *Vous, les ados, toutes les mêmes idiotes avec vos comas éthyliques, vos vernis à ongles à paillettes, et vos histoires de garçon qui finissent mal.* Vous pourriez me dire cela. Certaines de vos phrases font partie de cette race abjecte. Pour sûr, j'aime le maquillage, et cette fille, il y a des mois de cela, a aimé le garçon. Allons-y, admettons qu'il y ait eu un stylo et un cahier à la place des pétales et de l'oiseau sous l'arbre. J'aurais écrit… Non. Je ne peux pas m'imaginer sans revoir. Et j'ai perdu l'envie de m'imaginer car je sais ce qui est inimaginable.

Je le sais au cœur et au corps.

Je refuse d'apercevoir qui j'étais.

– L'oiseau est apparu de nulle part, dis-je à voix haute.

– L'oiseau ? vous étonnez-vous. Je croyais que tu parlais du cerisier. Passons…

Vous avez raison, passons.

Passons ce bureau aux effluves de déjeuners morbides. Passons les tragédies des autres, entre deux morceaux de pain avalés en un quart d'heure, à la pause déjeuner. Entre deux viols, les débris d'un gâteau aux commissures de vos lèvres, comme ce matin. Votre collègue me faisait face lorsque je suis entrée dans la pièce. Je n'ai vu que son marbré au chocolat et ses yeux de faucheuse. « Il est trop tôt mais bon », m'a-t-elle fait remarquer en s'essuyant la bouche. Et alors ? Je n'avais pas regardé l'heure en quittant la maison. J'ignorais que le matin n'était pas le temps de dire le viol.

Vous avez tapoté votre montre du bout de l'index. Ensuite, vous avez pointé du doigt la chaise en plastique noir. J'ai remarqué le pansement d'enfant couvrant votre ongle. Des petites créatures joyeuses et roses frappaient le cadran éclatant.

J'ai songé un instant à mon pyjama imprimé de nuages, à mes chaussettes d'enfant, à mes coupures aussi.

Pas de pansement pour moi.

Des mots froids et les aiguilles d'une montre.

Dites, combien d'heures vais-je râper ma langue contre mon entrejambe ? Contre vous aussi.

Je suis épuisée. Je ne sais plus bien comment on s'adresse à une cloison. Je grimpe. Je me hâte puis je recule. Plus je précise, plus vous coupez. Vous donnez des coups de fouet. Mes mâchoires se pressent si fort que j'entends craquer l'émail de mes dents. « Tu n'avais pas bu ? Pas même un petit peu ? Tu n'avais pas envie de lui ? Pas même un tout petit peu ? » Les sonorités enfantines de vos questions me donnent le vertige. Un tout petit peu la becquée. Un tout petit peu violée. J'ai l'impression que nous jouons à la corde à sauter sur mon cadavre. Vous continueriez de compter les tours après mon enterrement, pas vrai ?

Vous l'ignorez mais je ne suis pas choquée d'être coupable. D'une étrange façon, j'entends les murmures des autres à ma place. J'aperçois leur même étourdissement sur les remparts décrépits de votre bureau. Je nous imagine toutes et tous face à vous. Nous serions trop nombreux si nous venions ensemble dans ce commissariat. Nous formerions une statue, un monument imbriqué de toutes nos déchirures fantômes, alors vous ne pourriez rien contre nous. Face à la puissance de nos vérités accumulées, vous feriez silence. Passons, je ne rêve plus. Je ne suis plus si stupide.

J'ai lu des témoignages avant de faire cette chute dans ce commissariat. « Porter plainte est un combat. » J'ai retenu cet aveu prononcé par un officier comme vous. Votre armure ne m'est pas étrangère. Parce qu'il s'agit de vous protéger, je crois, contre la porteuse de malheurs. Dans une certaine mesure, je comprends votre voix-bouclier. Noter des faits, des vérités, c'est le métier tout entier ; il le faut. Sinon ma douleur éclabousserait votre uniforme. Que le papier ne prenne jamais vie et jamais ne vous entaille. Vous redoutez mes bleus et mes lésions qui s'imprimeraient sur votre peau. En écoutant réellement la façon morbide dont les mains du garçon ont décousu mes vêtements et ma chair, c'est l'élastique de votre propre pantalon qui se distendrait. Toutefois, il vous est interdit de saisir ma nudité là-bas, si bas. Je conçois votre malaise. Si j'étais à votre place, je ne permettrais aucun pont entre moi et cet être en décomposition. De cela je suis certaine. Risque d'infection. Cauchemars. S'agit-il vraiment de la peur de garder une trace, une noirceur que vous emporteriez auprès des vôtres et qui gâterait le beau en silence ?

Je ne sais pas.

Il aurait sans doute fallu que je me trouve à distance, à votre place, pour décrire ce que vous attendiez de l'horreur. J'aurais chronométré, j'aurais filmé si j'avais su.

Vous n'imaginez pas le désastre de se rappeler au corps et à l'esprit. Formuler le viol dans ses muscles puis sous la langue. Le vocabulaire m'échappe. Les mots semblent si serrés. Ils ne portent pas assez loin, ne creusent pas assez profondément l'épouvante. Ces faits dont vous ne cessez de parler ne sont pas des faits. Ils font partie de moi. Ces faits sont moi. Et je n'ai pas eu le temps d'inventer le langage de mon viol.

Ça ne s'apprend nulle part.

« Sans preuve, c'est parole contre parole », m'avez-vous informée presque immédiatement. Je ne vous ai pas demandé où se trouvait cette parole adverse. Où se trouve le discours du garçon ? Je ne l'entends pas. Si c'était *parole contre parole*, j'aurais pu me battre et utiliser une épée de la même longueur que la chair du garçon. J'aurais ajouté des points d'exclamation et des hurlements. J'aurais sans doute gagné, voyez-vous, puisque je possède le champ lexical de la bataille. Je l'ai appris avec mon frère. Sauf que le garçon a utilisé de la peau contre moi. C'est son dialecte de mort qui a eu raison de mon primitif. Parole contre coups de reins.

J'ai beau deviner la guerre à venir, je me demande si mes restes pourront se lever et sortir du commissariat. Il me faudra trouver l'intensité d'une force que je n'ai plus. Je l'ai laissée dans le parc, sur les racines noueuses. Ce qui s'est passé là-bas n'est pour vous qu'une scène à décrire. Vous en avez entendu d'autres. Et la mienne ne paraît pas différente. Aussi vous demandez les détails des manteaux, des sous-vêtements, des gestes, des insultes, des cicatrices sur le bas-ventre. Pourtant, le monde n'est pas tel qu'il est. Un viol n'équivaut pas à un autre viol. Ces minutes m'appartiennent car ma hanche s'est encadrée dans le bois et l'herbe mouillée. C'est *mon* individualité qui a été épinglée parmi les fleurs, et non ma caste d'adolescentes ternes.

Je ne suis pas les autres. Et les autres ne sont pas moi. J'étais seule avec lui, là-bas.

En réalité, Monsieur l'officier, vous n'avez que faire de ce pauvre petit poème de moi.

«Sous le cerisier,

Ma tombe se dresse,

À l'endroit des vies écrasées,
Les pétales devenus fous,
des centaines à s'adresser à ma place,
à quitter cet avril du dessous,
ce cimetière où ma chair s'est enracinée. »

Mes idées disparues sont revenues, plus laides, sur un fragment de polycopié; la copie d'un texte d'Albert Camus. Et alors? Alors je n'ai pas relu l'extrait de *L'Étranger*. J'ai simplement songé à mon viol sur le dos d'un prix Nobel de littérature. Une honte de plus à plaquer sur ma peau.

De la honte, j'en ai jusqu'à la moelle.

Vous comprenez cela: le déshonneur de mon histoire; l'humiliation de ce corps qui a laissé des hachoirs de peau le traverser. Vous entendez la défaite.

Je vous effraie, n'est-ce pas? Quel âge avez-vous? La quarantaine, l'âge de mon père? Vous pensez peut-être à votre fille.

Tout à l'heure, j'ai aperçu une silhouette menue sur le fond d'écran bleuâtre de votre téléphone. Vous êtes sans doute soulagé que je ne sois pas votre Inès, votre Agathe, votre Sophie. Appelons-la ainsi, d'accord?

Ce garçon d'épines n'aurait jamais pu convaincre Sophie de le suivre au parc. Votre Poupette, votre

Lapin est trop averti. Les mains aux ongles sales n'approcheraient pas Sophie la proprette. Elle ne se laisse pas tripoter, elle. C'est ce que vous m'avez dit, vous souvenez-vous? Après trente minutes caverneuses durant lesquelles mes mots n'atteignaient ni votre surface ni votre profondeur, vous avez demandé: «Tu es certaine de ne pas t'être laissé tripoter?» Au-delà de ce mot aux airs de jeux d'enfants, le ton choisi, celui de l'humour. La voix qui s'élève en même temps que les commissures des lèvres. Vous étiez si soulagé d'envisager la maladresse, et peut-être l'indiscrétion du garçon. *Une main baladeuse.* Non. *Une blague qui va trop loin.* Non. *Une taquinerie entre copains.* Non! Sous l'arbre, vous contemplez le tripotage, alors que je ne vois que la mort du monde ; ma mort sous le garçon habile de ses tortures.

Néanmoins, je suis restée assise face à votre mépris. J'ai pensé à votre Sophie.

Je me suis remémoré l'allure rieuse de la fillette aperçue à l'envers. Son nez, semblable au vôtre, quoique plus pointu, est rougi par un soleil montagneux. Une photographie de vacances saisie entre deux remontées mécaniques. Je l'ai imaginée dans sa combinaison de ski, assise sur vos genoux, ses mains encore glacées d'une boule de neige tenue trop longtemps afin de vous la montrer.

Sophie partage ses secrets de luge, la bouche violette de froid contre votre oreille chatouillée. Elle s'esclaffe devant votre grimace grincheuse. Sophie postillonne pendant que vous passez vos doigts entre ses cheveux humides, enfin libres du bonnet trop serré. Je me rassure en songeant à votre ailleurs, Monsieur l'officier, ce lieu où vous demeurez honorable, à l'abri des charognes de mon espèce. Vous et votre enfant dans un blanc de douceur. Je crée votre bonté pour établir un équilibre. C'est la seule manière de stabiliser ma rage. Ne pas céder à mon envie de tout casser.

Oui, je vous imagine beau en dehors du bureau.

Sur un trottoir citadin, vous offrez votre parapluie à la jeune femme qui plisse les yeux et regarde sa montre sous les gouttières affolées d'orage. À l'extérieur du commissariat, nous traversons la même rue. Nous nous croisons sous un échafaudage bruyant, cédons notre place à l'autre puis sourions de notre humanité partagée. Dans ce monde tel qu'il n'est pas, le commissariat écoute. Il se penche entre les paroles tristes des jeunes filles qui s'étranglent. L'uniforme inscrit ce qui est prononcé en chuchotant. C'est cette croyance qui m'a poussée à venir. « Raconter » semblait être le lieu juste. Faire partie de celles qui parlent, de cette somme d'émotions partagées. Je sais désormais que je suis seule dans ma douleur. « Dire » n'occupe aucun autre espace que le mien. Pire, votre uniforme me trahit à chaque fois que j'ouvre la bouche. Il tente de réécrire une histoire à l'écart de la justice et des barreaux. « Tu n'as pas été très sage », avez-vous plaisanté tandis que je m'étourdissais de mots. « Tu voulais ta petite aventure avec ton copain. Et tu es déçue de toi-même, c'est bien cela ? » J'ai senti *ta petite aventure* se mêler à ma bile.

Je me sens sombrer de nouveau.

Oui, vous continuez de pousser des phrases qui assiègent les miennes. Vous les bousculez dans ma bouche alors que tout est déjà bousculé en moi.

Tout.

Je ne suis que renversement
à côté de mon ossature désaxée
les organes décollés.

Mes ruines vous intéressent si peu que j'en viens à des pensées abjectes. Pourquoi le viol n'a-t-il pas harponné votre fille ?

Les yeux s'écarquillent. *Comment ose-t-elle ?* Il n'est pas convenable de souhaiter le pire à une autre. Je perds mon statut de proie aux larmes régulières. La victime n'est plus. Seulement, sans un antécédent, Monsieur l'officier, rien ne s'agrippera à vous. Il faudra le nerf du viol à votre tissu familial. Que votre nom se tache pour qu'enfin vous compreniez ma géographie morcelée. Que Sophie s'allonge sous un autre arbre. Un autre garçon se précipitera, « tripotera », comme vous dites. Que lui dira cet officier alors ? Fera-t-il mourir les mots de Sophie ?

Dès l'instant où mes mutilations quittent mes lèvres, je m'effondre. J'imagine l'épaisseur de mon langage vous ensevelir sous des litres de mélasse. Je vous vois nager, le geste fluide, à côté de ma noyade. C'est ainsi. Mes mots coulent le long de la lugubre tranchée creusée entre nous. De la boue entre nous.

Vous ne me croyez pas, n'est-ce pas ? Pas tout à fait. Puisqu'il y a cette histoire d'amour. Un sursaut de joie en plein crime.

Je suis tombée amoureuse… non. *Elle* est tombée amoureuse. Pas moi. Je n'existe plus en cet amour.

Si je devais raconter hors de moi, j'écrirais :

« Elle était tombée amoureuse du garçon comme une enfant, sans aucune autre explication que cette émotion nouvelle au creux des paumes à présent moites de lui. Elle espérait sa présence au détour d'un couloir du lycée. Mais elle aurait pu l'attendre n'importe où, de n'importe quelle traverse, le garçon aurait surgi. C'était la force de son amour.

À l'approche d'un midi frappé d'hiver, alors que la neige se tassait sur les toits penchés, la jeune fille surprit le garçon en train de lacer ses chaussures entre deux groupes de rires et de buée blanche. Il avait le souffle court d'être penché ainsi, courbé sur sa corpulence, le genou à terre, sur les chewing-gums écrasés. On aurait cru l'immense sculpture d'un empereur soudain sorti d'un long sommeil. Il tentait de comprendre comment se défaire de son volume afin de nouer les lacets de ses baskets. Les cordes de coton ressemblaient à des fils de soie pris dans ses doigts lourds et épais. C'était un spectacle à la fois tendre et d'un ridicule tel que la jeune fille eut envie de le soulever et de le mettre à l'abri du monde. Lui, il inspectait les alentours avec un embarras évident. Alors elle s'approcha. Il leva ses yeux d'or et comprit qu'elle ne contemplait pas l'échec. Elle admirait l'effort de la silhouette colossale exposée aux flocons et aux moqueries. Essayer d'être soi, pouvait-on faire autre chose de son existence ? Immédiatement, il y eut quelque chose de familier et de rituel entre eux.

Le garçon et la fille partageaient tant de chemins qu'il était impossible de nier l'autre sans se supprimer soi-même. Au cœur, des similitudes. Ils avaient par exemple pour habitude de renifler leur nourriture avant la première bouchée, et dormaient sur le ventre, la couverture entre les genoux ; des gestes en commun peu importants mais singuliers. Ces curiosités communes, nées en enfance, rendaient tout à coup leur vie éclatante. L'un faisait taire les doutes de l'autre. "Toi aussi, je parie !" lançait la fille, en évoquant son dégoût des bondes grillagées incrustées de cheveux, à la piscine. À chaque fois que ses claquettes se posaient sur les siphons des douches, elle avait l'impression que des têtes allaient en sortir. Le garçon acquiesçait vivement, et prononçait des incantations pour rétrécir ces fameux crânes de sous-sol. Tous deux marchaient d'un pas étrangement identique, les pieds engourdis par la nervosité. "Le meilleur de moi-même !" s'exclamait le garçon dès lors qu'il apercevait la parka blanche de la jeune fille parmi les briques rousses du bâtiment. Ils se trouvaient souvent à la même seconde aux portes du lycée, avant la première sonnerie du matin.

Depuis leur première rencontre de neige, ils tissaient leur vie ensemble. »

Tout le contraire d'une histoire de bas-ventre, Monsieur l'officier. Presque digne d'un roman, n'est-ce pas ? Entre lui et moi, c'était une clarté de l'hiver. Et si le physique du garçon tenait une place essentielle en moi, je ne songeais pas aux « tripotages ». Je voulais encore surprendre ses bruits d'estomac, la joue plaquée contre le confort de son ventre. Je riais de sa digestion sonore qui me rappelait les enfants parlant sous l'eau, les visages brouillés de bulles d'air et de rires. Voyez ce que vous faites, vous me rappelez à ce bonheur enterré.

Je tressaille mais je poursuis :

« La fille et le garçon parlaient souvent de leurs pères semblables à une plaie rugueuse qu'il ne fallait pas gratter, au risque de leur ressembler un jour. Ils discutaient longtemps de leur famille. Parfois, ils contournaient leurs grands frères : l'un parce qu'il était accidenté, démoli par une tragédie à deux roues, l'autre car il était déjà loin, un sac à dos quelque part en Europe. Tandis que le garçon vomissait leurs pavillons qui se délavaient sous ce drôle de soleil beige, la fille crachait cette plage courte et dépourvue de parasols. L'odeur du café, qu'ils avalaient perchés sur des tabourets fébriles de bistrot, leur permettait de voyager – eux qui n'avaient encore jamais pris l'avion. Un jour, *el Día de los Muertos*, ils traverseraient des routes saturées de cactus et de terre rouge. Leurs discussions fourmillaient de promesses en roller et de valises. Les petits boulots du week-end offriraient bientôt des passeports à leur tiroir déjà rempli de guides touristiques parcourant l'Amérique du Sud.

Il n'existait pas de division visible entre eux.

Pas de classe dominante. Ils venaient du même milieu. Ensemble, ils s'élançaient au-devant des mêmes injustices, rêvaient d'être avocat ou juge, en savourant les slogans enragés des manifestations politiques.

Plus tard, ils s'enlacèrent de fous rires intenses et de souvenirs d'enfance. Il arrivait au garçon d'oublier la manière dont les lacets se nouent, néanmoins il n'oubliait jamais de venir chercher la jeune fille à la sortie de la piscine municipale, à 18 h 47, le mardi soir.

Il l'attendait sous l'abribus en face des immenses baies vitrées, le bras tendu au-dessus de sa tête, secouant un sachet de chips au sel, et deux briquettes de jus de pomme glacé. Ensemble, sur ce banc figé de graffitis, ils découvraient leurs heures de course-poursuite l'année de leurs dix ans, sur des sentiers bordés d'orties. Comment leurs grands-mères les avaient enduits de vinaigre blanc un jour sec de canicule ; combien de semaines ils avaient subi la honte de cette odeur aigre, dans la cour d'école.

Un soir de givre, les gants de laine entremêlés, les lèvres embrassées de miettes, ils se racontèrent le vrai grand cauchemar, celui d'être enterré ici, dans cette bourgade immobile où l'on vient s'échouer ; le lieu de toutes les humiliations acceptées ; sorte de paradis de la faillite. Cauchemar d'autant plus résistant que tous deux savaient la façon dont leurs pères s'abattraient sur eux s'ils revenaient plus démunis. Car l'optimisme persistait sous les couches de ferraille du paternel, sous les gifles et les hurlements causés par un carnet de notes médiocre. Il fallait être à la hauteur d'un espoir fou qui signifiait l'amour et la confiance des parents, en dépit des regards crasses et des punitions. Il fallait s'agripper à leur croyance ; une vie meilleure pour ceux qui comprennent les essais philosophiques et les équations. *Ma fille fera mieux. Mon fils deviendra quelqu'un.* Il fallait réciter des poèmes mais pas trop longtemps, ne pas jouer au plus malin, sous peine de froisser l'intelligence manuelle des parents. Mieux valait respecter ces mains qui plaçaient les repas chauds sur la table. Puis attendre le jour de la mention au baccalauréat, et espérer revenir en vainqueur, un dimanche par mois, les bras chargés de gadgets inutiles et luxueux ; symboles de réussite auprès des voisins. C'était ce sacre de l'adulte auquel les deux adolescents songeaient en étudiant ensemble, sur un bout de table partagé à la bibliothèque.

Le garçon ne se détournait d'aucune mauvaise parole. Il écoutait avec soin. Il accueillait les anecdotes les plus avariées avec une gentillesse si moelleuse que la jeune fille souhaitait parfois entrer en lui pour y vivre. Découvrir la caverne de laquelle s'échappaient ses mots lisses et délicats ; la luminosité absolue de son être.

« C'est un gros ! » s'était pourtant exclamée la mère, écœurée par le tee-shirt gondolant de bourrelets, sur la photographie collée au miroir de sa fille. « Enlève ça avant qu'ton père regarde » avait conseillé la mère, l'œil encore froncé et quelque peu ébahi par ce drôle de choix. « Tout ce qui est dodu est réconfortant », avait rétorqué la jeune fille, le ton amusé, sans réellement défendre le garçon. Au fond, elle savait qu'elle avait été attirée par sa rondeur. Elle ne supportait pas la sécheresse osseuse de sa famille. Son propre squelette l'incommodait. C'était pour cette raison qu'elle avait choisi la natation dès son entrée au collège ; ne plus voir son corps scier cette terre ; le plonger dans une matière fluide, vivante de reflets et de mouvements déformant les os et les défauts. Quand la jeune fille apercevait les veines boursouflant sa peau à la surface de ses pieds, semblables aux nervures des feuilles de peuplier, elle disparaissait dans le bassin et nageait à en oublier ses tiges et ses hachures. Or le manque d'exercice du garçon, cette espèce de lourdeur au repos, signifiait qu'il se constituait d'éléments différents, d'une paresse intrigante.

Il ne ressemblait pas aux types de sa classe, en sport-études. Il aimait autre chose que les heures de course chronométrée. Il se tenait à distance des corps et des muscles prétentieux. Lui occupait son temps à remplir les marges de ses cahiers de dessins et de dialogues. Son trait n'était pas très beau, cependant il fabriquait des conversations étonnantes de drôlerie et de tendresse. »

Leur amour, Monsieur l'officier, était une promesse si propre, si luisante, si loin des impostures et des tombeaux de la vie que je n'aurais jamais pu deviner les piques sous les rebonds du garçon.

« Pour la première fois de sa vie, la jeune fille osa ouvrir une veste polaire afin de soulever le tee-shirt au coton dense. Le bout de ses doigts frôla la surface polie du torse et aussitôt elle y pressa sa joue comme elle l'avait fait petite, lorsque le veau malade s'était couché tout près d'elle, dans la ferme de ses grands-parents. Elle s'était retrouvée de nouveau en apnée, au cœur des vallées molles et muettes du flanc de l'animal. Elle avait trouvé la consolidation de toutes les douceurs dans le creux du garçon, débarrassé d'os, juste là où l'épaule se fane. Ses poils se hérissaient à chaque fois qu'elle frôlait ses plis où n'existaient ni coupure ni douleur. Impossible de se cogner à ce garçon. Quand elle avait soufflé dans son cou, il avait murmuré "Je nous aime, nous", ce qui avait fait taire le *gros* de la mère. Plusieurs fois ensuite, ils s'étaient frôlés sans retirer les vêtements. Des gestes pour entraîner les doigts exaltés. Et elle s'était demandé un instant si son squelette à elle ne trancherait pas ce velouté un jour. »

Tout à coup, je me rappelle son pénis haut et dur en fixant le pied gauche de votre bureau. Je frôle les encoches du bout de mes baskets, ces baskets que je portais le jour du viol. Mes pieds tremblent parfois de piétiner les semelles qui ont foulé la boue et l'urine. J'ai passé mes chaussures à la machine à laver, après. Évidemment, elles ont rétréci et je les ai gardées. Parce que j'avais dépensé mes derniers billets à la pharmacie ; pilule du lendemain et serviettes hygiéniques. Si vous aviez vu la tête du pharmacien, on aurait dit qu'on venait de lui clouer les mains sur son comptoir. Pire que vous, Monsieur l'officier. « T'es toute jeune », a-t-il gémi, la bouche déçue. J'ai failli sortir, seulement j'avais déjà marché plusieurs kilomètres afin de me trouver loin de la ville et de ses corbeaux. Quelqu'un se serait empressé de trouver mon père au café ou à l'usine. On aurait plaint ce pauvre type qui se vantait toujours d'avoir « si bien élevé sa fille ». « Ben voilà le résultat » auraient craché les voisins, « une traînée ! ». Je ne pouvais pas me résoudre à demander de l'argent à mes parents pour des baskets. Ils auraient posé des questions, et auraient conclu par un billet tendu à rebours et une demi-phrase du genre « les gosses d'aujourd'hui *croivent* que l'argent pousse par terre ! ». Mon frère n'aurait pas émis le moindre son mais il aurait ruminé, et il avait suffisamment de quoi remâcher son existence jusqu'au bout. Non, je ne pouvais pas entendre les discours et les silences. Je n'étais pas assez vivante pour accepter des condamnations fausses et porter des chaussures neuves. Alors j'écrase les baskets du viol qui me font trébucher. J'ignore si le sol est devenu différent, mesquin, ou si c'est le simple fait d'un rétrécissement qui a modifié mon pas.

Une chose est sûre, j'ai marché après le viol. Pourtant ce n'était pas la même terre. Pas le même monde.

Vous le savez, vous ? Pourquoi toute cette tendresse s'est dégradée sous le cerisier ? Qui a rendu la longueur tranchante ? La fille avec son dos contre les champignons ? Moi ? Suis-je encore là-bas ? Vais-je m'y trouver toute ma vie ?

J'aurais peut-être dû.

– J'aurais dû comprendre le renard, dis-je.

Voilà que je murmure sans m'en rendre compte.

– Le renard ? demandez-vous, un demi-sourire au visage.

Je secoue la tête en replongeant dans le silence. Je songe à ce drôle de jour d'être ensemble, seuls dans un autre parc, dans ce temps en dehors des autres, avant l'éclat rosé du matin.

Avant les bâillements encore chauds de l'édredon, j'ai levé mes chaussons au lieu de les frotter contre le parquet. Je ne voulais pas réveiller mon frère. Le garçon m'attendait et m'aimait derrière la fenêtre, au milieu des herbes hautes. Ensemble, nous nous sommes avancés dans la fraîcheur d'une centaine de chênes endormis. Le paysage nous offrait une place au sein de sa splendeur. Notre histoire d'amour était à la hauteur. Je racontais des blagues en mimant des gestes. Lui riait du fond de lui-même, à s'en plier en deux. Nous avions le souffle saccadé par la joie lorsqu'un renard est apparu. Il était si somptueux de cuivre parmi la rosée des fleurs que le garçon a disparu un instant. Je l'ai mis entre parenthèses. L'animal s'est approché, le pas blanc de côté, le museau fauve à terre. Puis nous nous sommes observés sous le pelage. Nous avons renoncé à nos espèces pour nous retrouver au même endroit. Au centre de cette unité, j'ai senti nos cœurs se rejoindre. Je sais combien cela paraît fou. Mais une fois épluchés, lui de ses pattes moi de mes déceptions, un silence a surgi à la manière d'une fièvre. C'était une forme de silence dénué de secrets, une vérité qui se révèle à une autre, juste avant la mort. Pourtant je n'ai rien compris à ce funeste présage. À bien y réfléchir, je crois que le renard m'offrait une dernière grâce que je n'ai pas su identifier. Au contraire, sa présence était d'une rareté telle qu'elle a longtemps noué ce prodige à ce premier amour en haut de ma tête. J'ai entrelacé l'animal et le garçon de tout ce qui fait éclater la vie. J'ai souri au renard car j'étais de ces enfants aux pieds boueux ; les os constitués de cabanes dans les arbres ; les mains toujours à caresser des truffes et des pelages. Mais si vous aviez vu les lèvres du garçon en cet instant : clac, fermées, d'un trait ! On aurait dit qu'une blessure mal cicatrisée lui découpait la face. Lorsqu'il a grimacé quelque chose comme « argh, j'aime pas trop les animaux sauvages », je n'ai pas ridiculisé le terme « sauvage » attribué à ce petit être de fourrure étonnement audacieux, à peine plus haut que les bottes du garçon. Je ne me suis pas offusquée contre l'imbécillité d'une telle remarque. Non. J'ai lancé : « Moi non plus, j'aime pas trop les bêtes. » Alors le renard, toujours figé sur le talus, a émis le bruit le plus étrange: un cri bref entre le supplice et la moquerie. J'ai détourné les yeux et je suis restée ainsi, le menton bas et le dégoût de ma fausseté coincé dans la trachée. «Pareil mensonge jugea probablement l'animal, pareil mensonge te coûtera cher.»

Je reviens souvent à ce bruit, à cette promenade durant laquelle j'ai menti au garçon pour la première fois. Je m'étonne de ne pas avoir évoqué mes rêves de soigneuse avec lui. Je m'imaginais souvent le corps blotti contre des fauves langoureux, sur un sol brûlé de leur majesté. Je me voyais sur des terres sèches, les mains posées sur des peaux rugueuses. Avocate ou vétérinaire, depuis toujours. Comment ai-je pu trahir la racine de mon enfance, ma propre substance constituée de bêtes à nourrir et d'oiseaux morts à enterrer? C'est ainsi que l'on se comporte quand on souhaite conserver sa place auprès de l'être aimé. On ment. Je le sais. J'ai appris la ruse de mes parents.

Ma mère prétend aimer la truite à chaque retour de pêche. Mon père, fier de son petit double, l'embrasse sur le haut du crâne dès lors qu'il aperçoit les écailles et le couteau dans le sac plastique. «Ma petite truite», chante-t-il en attrapant les bretelles du tablier, à pleines mains iodées. Il arrive à ma mère de souffrir de terribles maux de ventre les jours suivants. Je l'ai croisée un matin au sortir des toilettes, une odeur de nausée s'échappant de la pièce. C'est elle qui m'a confié détester le poisson. «Je digère mal l'océan, avait-elle admis, la main sur sa bouche tourmentée, mais bon, j'aime ton père.» J'ai réfléchi à cette idée de dissimuler sa vraie nature et ses élans d'estomac, juste pour que le mari continue de sourire et de désirer. Quelle tristesse! Au fond, ma mère s'évidait d'elle et de son amour en vidant le poisson.

Ce jour de renard, j'ai juré de rester moi, avec mes entrailles; ne pas me soumettre aux préférences d'un homme. Et me voilà à découvert, mordue par l'entièreté du garçon.

En fin de compte, le renard a fui. Pourtant, des heures après le premier baiser, les langues tressées d'orange et de sommeil, alors que le garçon était reparti en souriant loin, très loin sur le chemin, j'ai croisé le chat tigré des voisins. Il était perché sur la colline engourdie de ce soleil blanc qui me donnait le tournis. Il m'a regardée, précisément, en me détaillant, comme s'il cherchait ce qui avait changé en moi. Il a eu l'air de discerner ma fourberie au cœur de ma paume tendue vers lui. «Alors comme ça, tu ne nous aimes plus», a-t-il semblé annoncer, déçu, en inclinant ses oreilles derrière lui. J'ai presque ri de son attitude impitoyable. Il m'a tourné le dos afin de reprendre sa route derrière le muret séparant le parc des maisons de vacances.

J'ignore de quelle façon les animaux ont deviné que sous le costume du garçon arrondi se dressait un buisson d'épines. Mais depuis, la nature ne supporte plus ma présence. Les herbes me grattent. Les oiseaux se cachent. Les chiens me mordent. Les bêtes ne m'accordent plus leur confiance. Même les vaches de la ferme brune, habituellement si conciliantes, refusent mon sel et s'attroupent à distance, l'expiration mauvaise. Si je tente de m'introduire dans leur pré, sous les clôtures, les chardons retiennent mon pull. Il me faut alors un geste dur, plein d'embarras, pour quitter leurs griffes végétales. Il m'arrive de croire que le vent incline les orties en direction de mes jambes sur le chemin du lycée. Quant aux fraises sucrées, volées entre les treilles des façades, elles pourrissent aussitôt que je les cueille. J'altère tout ce qui m'abritait de tendresse. Le renard savait que j'allais mourir. La nature sait que je suis morte là-bas. Je ne vaux plus sa liberté puisque la mienne n'existe plus. Et elle n'est pas du genre à offrir ses ravissements aux fantômes.

Ce jour d'avril, à l'autre bout du chat et du renard, je pensais embrasser le garçon de nouveau, c'est vrai. J'y ai songé à chaque heure avant le viol. Je l'aimais. N'est-ce pas ce que l'on fait quand on s'aime ? Penser au triomphe d'un baiser. Des frissons potelés sur ma nuque, c'est tout ce que je voulais ; l'aimant de ses doigts sur mes vêtements. Ni peau ni rigidité. Nous maintenir au-dessus des chairs qui explosent. À dire vrai, je pensais au déjeuner lorsqu'il a posé sa main sur ma cuisse. J'avais envie de manger à chaque fois que je voyais ses doigts dodus. Son gras était beau et vivant et me donnait envie de dévorer le monde. La rondeur de ses joues me tournait le ventre. Il me rappelait les heures de douceur enveloppées dans des couvertures consolantes, le souffle tiède des poulains et des chiots, leur odeur loyale. Si je fermais les yeux, j'entendais les poussins piailler, sentais leur duvet contre mes chevilles. Comment ce baume de vie a-t-il pu se métamorphoser en boucher?

Des échardes scintillantes
Des falaises escarpées en moi
Des bêtes bardées de lui
Des phalanges contre les crépis des murs.
Cet amour est clos, Monsieur l'officier.
Jusqu'au dernier fragment,
Dans la fosse commune.

Si j'étais venue vous raconter un autre crime, dépourvu de baisers et de bourrelets, hors de ce « nous », auriez-vous levé les yeux sur moi? Mon visage aurait-il pris toute la place?

C'est bien mon corps et le désir de celui-ci qui raclent le papier. Autoriser un baiser, pas plus.

Le reste de ma chair est inutile.

Quels mots aurait prononcés votre Sophie si elle s'était avancée vers vous recouverte de gémissements brefs et de braguette ouverte ?

Il m'a fallu dix-huit jours afin de décider l'heure de dire aux miens. C'est peu. Certaines, autrefois assises à ma place, n'ont pas commis l'erreur de s'adresser à leurs proches. Elles avaient appris, je ne sais où, que faire entrer le viol au sein du foyer tue. Terrible aveu, n'est-ce pas ?

Une fois la famille installée sous le cerisier, le paysage jaunit. La moisissure ne quitte plus les coins de la maison. À la seconde où le mot est prononcé, toutes les pièces, toutes les secondes lui appartiennent. Avaler le viol de l'aube au crépuscule sans une cachette où reprendre son souffle. Se promener avec, la laisse courte. Quand le panier se remplit au marché, heureux de découvrir les premières cerises, le viol est là. Il surveille, attaque à la ceinture. Il rappelle au désordre si vous oubliez. Oh, vous n'oubliez pas puisqu'il rogne chaque sourire et souille la moindre bribe de conversation. Les silences se remplissent d'images sanglantes et fausses. Apparaître nue, battue et dévorée sous les paupières de ceux qui vous aiment, vous ne savez pas ce que c'est, Monsieur l'officier. La puissance de leur imagination. Les regards, y compris les plus fugaces, prennent tous la direction des mouvements de hanche du garçon.

La fille et la sœur, je ne suis plus.

Tout est saccagé.

À l'époque, j'ignorais l'omniprésence toxique et pâteuse du viol. J'avais bêtement songé au temps de l'annonce. Quand allais-je donc dire ?

Quand.

Le matin ? Non. Nous n'irons ni au lycée ni au travail ensuite. J'avais deviné l'immobilisme de la parole. Avant le dîner ? Jamais. Les assiettes resteront vides. Les estomacs se lèveront la nuit et croiseront le corps dégradé devant le frigidaire ouvert. La faim subsistera et avec elle, l'insomnie du crime. Le week-end ? Surtout pas. Il faudra pouvoir s'échapper des siens et de la maison, poursuivre des discussions hors du viol. Or j'imaginais déjà l'ombre du garçon se vautrer sur le fauteuil du chien. Je le voyais se lever, épousseter les poils blancs de l'animal et déposer un baiser sur chaque front. Sa salive sur les miens, vous imaginez.

Sans prévenir, le jour de dire se présente : un mercredi sobre constitué de bonnes notes et de pâtes à la sauce crémeuse, réchauffées au micro-ondes. C'est un milieu de semaine durant lequel le vent souffle à peine. On ne remet pas ses cheveux derrière les oreilles. La tiédeur du mois de mai caresse à peine le cou. Les vêtements sentent encore la lessive du week-end. Les sacs à dos ne pèsent pas trop lourd. Le frère sifflote pendant que la mère appelle une amie. Je l'entends rire de son débordement bref et radieux pareil à un jet d'eau froide au cœur de l'été. En même temps, un tremblement de terre secoue l'Asie à la radio, et les enveloppes éventrées découvrent des factures sous les mains agacées de mon père.

J'ai peur mais l'équilibre est juste.

Après le dîner, on se brosse les dents et quelques minutes avant l'écho de la télévision, l'espace de la parole surgit. Une impulsion aussitôt freinée par ma culotte froissée au creux de cette main, là-bas. Ma voix mentholée refuse d'approcher le cerisier comme la bête refuse la cage. Ça me vrille la langue parce que je me suis exercée en murmures toute la semaine. Seule, je sais dire : viol viol viol violviolviol. Pourtant, face au regard bâillant de ma mère, je ravale mes lettres. Elle est trop fatiguée. Je recule. Ce mercredi devient instable. Quand tout à coup, une main se tend, celle de mon frère. Un dimanche de pyjama me revient en mémoire, à quelques mois de ce jour de mai.

Mon grand frère surgissait toujours à dix-sept heures, au bout de l'allée encadrant nos pavillons plus blêmes les uns que les autres. Les enfants bondissaient sur les vastes trottoirs lorsque l'un d'entre eux – brave petit manteau de cuir vieilli, debout sur son vélo gigantesque – encercla mon frère et quémanda une friandise en échange d'une blague hilarante. À cet instant, mon frère n'offrit rien d'autre qu'un coup de pied dans le dérailleur arrière de la bicyclette. L'enfant s'effondra sur un rectangle de pelouse râpeuse. Il rougit si fort que j'eus l'impression d'apercevoir l'éclosion d'une rose trémière. La petite fleur cracha une insulte puis une deuxième, moins sale, et repartit en quête d'un bonbon plus prudent.

Mon frère revenait souvent à pied de l'hôpital où ma mère, aide-soignante, lui avait trouvé un emploi d'homme de ménage. Il n'avait jamais eu la patience d'attendre un bus, encore moins la courtoisie de soutenir une conversation sur la météo, en compagnie d'un collègue. Malgré son diplôme de pâtissier, mon frère s'était accommodé de son uniforme aux fines rayures jaunes de la façon la plus simple qui fût. Quand je lui avais demandé en plaisantant: «Alors, cette première journée le nez dans la merde?», il avait hoché la tête d'un grand coup, et si profond que son menton claqua contre son sternum. Après, rien. Je m'étais autorisé cette remarque pour la simple et bonne raison que j'avais passé l'été précédent à genoux, à gratter l'intérieur des cuvettes des W.-C., à l'accueil d'une maison de retraite. Je savais combien les narines si près des couches immondes, jetées à côté de la poubelle, effrayaient le moindre fragment de pensée. Les rêves crevaient les uns derrière les autres après avoir fixé autant de taches d'excréments. C'était une fatigue étonnante de vide. Cependant, je ne l'avais certainement pas formulé ainsi à l'époque. Et mon frère n'était pas blessé par ma taquinerie.

Mon frère n'était tout simplement plus grand-chose.

Après cet étrange coup de pied lancé à ce gamin fleuri, mon frère reprit sa marche comme si de rien n'était. Je m'étonnai de son geste car depuis l'accident de moto qui a ralenti son corps et les tonalités de son visage, mon frère n'a jamais plus usé de son physique pour s'exprimer. Fini les tacles dans les mollets dans le but de me faire perdre l'équilibre, et me signifier au passage qu'il était d'excellente humeur. Il n'annonçait plus sa frustration en enlevant mes élastiques lorsque je terminais de me coiffer. Les lèvres flasques, mon frère se contente d'afficher une moue décolorée, refusant aussi bien la politesse que l'hypocrisie d'un sourire ou d'un mot plat. Son corps est devenu le véritable absent de notre quotidien. Sa vivacité, son appétit d'être au monde se trouve dorénavant dans sa tête – en silence. Il ne se déploie plus, mon frère, pourtant il écoute le moindre bégaiement de l'autre. Je le sens. L'opacité de ses yeux ne me trompe pas. Il est en éveil sous son cauchemar.

Plus j'y réfléchis, plus nous nous ressemblons. Je nous vois enchâsser nos squelettes dans l'absurdité de l'existence. À quoi bon faire semblant ? À quoi bon servir des plateaux dégueulasses à des mourants ? À quoi bon récurer des chiottes éternellement sales ? À quoi bon dire ce qui ne peut être entendu ?

Mon père a tenté de réformer la structure de mon frère, en dépit des « secoue-toi, bordel ! » et de son incapacité à accepter la métamorphose causée par l'engin renversé, éclaté sur la route de campagne. Il a changé ses horaires de travail à l'usine de dessalement, œuvrant de nuit, afin d'accompagner mon frère chez les meilleurs kinésithérapeutes. Ensemble, ils enchaînaient les heures d'activités sportives adaptées aux « faiblesses » des accidentés. Il fallait entendre mon père, qui ne s'est jamais écarté du pragmatisme des paumes noircies de travail, prononcer des groupes de mots tels que « l'enchantement des émotions » ou « la force de ton énergie ». Cette cascade de paroles magiques, pour un homme aux airs de sarcophage, était d'une beauté si vaste qu'il m'arrivait d'en pleurer avec ma mère. Des moqueries aussi. C'était la façon dont la tendresse sortait d'une hibernation si longue; l'amour de mon père soudain au-devant de tout. Aussitôt levé à midi, il s'emparait de ses lunettes et d'un manuel de bien-être. Il croyait pouvoir guérir le mutisme de mon frère à l'aide de phrases fabriquées pour être surlignées. Certains soirs, il lui arrivait de nous réunir en famille, afin de tester des jeux de société dits « de communication ». Bon sang, nous étions si mal à l'aise que nous nous couchions dans le ridicule, et jurions le lendemain de ne plus écouter les charlatans du bonheur. « De la bienveillance et de la patience... je t'en ferais bouffer ! » pestait mon père qui n'est pas de ceux qui acceptent l'abattement. Être égal à soi-même, c'était cela la plus grande leçon. Il ne l'avait jamais prononcé, pourtant nous l'avions deviné; que nos parents puissent nous reconnaître après les fugues, la prison, les chagrins. Notre seul devoir d'enfant est de revenir du malheur à peine plus maigre, tout juste blessé, et surtout, le caractère inchangé. Conserver sa structure et sa place au sein du clan. Sinon, comment être certain de partager le même nom, le même sang ?

Le sursaut de vie tant espéré par mes parents n'a pas eu lieu. Mon frère continue de traîner son « je-m'en-foutisme » de boulot en boulot, incapable d'entrevoir les possibilités d'une vie aussi noble que du temps où il était colossal. Les bras en l'air, la bouche grande ouverte, mon frère s'évasait de plaisanterie et d'outrage. Clown et terreur. Lorsque vous avez tapé mon nom, Monsieur l'officier, le prénom de mon frère est apparu, et aussitôt son casier judiciaire. Ni bornes ni mesures. Pablo régnait sur des territoires si hauts qu'il n'a rien compris au fauteuil roulant puis à la canne. Ses pieds n'ont pas repris l'angle commun et son bras droit semble dormir le long de son buste désormais chétif. Ce corps-ci ne permet aucune envolée. Quand mon frère sort sa carte d'invalidité, on croirait ce vieillard ayant fait dans son pantalon au fond du bus, la fois où le chauffeur a freiné trop fort. Mais ce qui a vraiment fini d'achever mon frère, c'est de dire adieu à la farine et aux poches à douille. « Les pâtissiers ont deux mains », avait-il conclu avant d'abandonner sa mallette de couteaux à la poussière sous son lit.

Où se cache l'instinct de vie quand on est cloué au ras du sol ?

Je ne sais pas et je m'égare.

Après le coup de pied dans le vélo, j'entendis la jambe gauche de mon frère gratter les graviers devant chez nous. Je me penchai à la fenêtre de la chambre que nous partagions depuis l'enfance, et aperçus sa nuque aussi raide qu'une pierre tombale.

Je pensai un instant à un monument en granit sur lequel mon frère écrirait la date de son accident. Je m'attendis à surprendre les chiffres sur sa peau, réellement, à pouvoir les lire et à les partager avec lui. Dire « maintenant que c'est écrit ici, tu peux passer à autre chose ». Quelle idiote ! À la place, je hurlai :

– Emily Dickinson écrivait des poèmes sur des petites chutes de papier !

Je lui criais souvent des trouvailles : *Les vaches ne peuvent pas descendre les escaliers. Je connais le poème « La Loreley » par cœur ! Je parie que tu sais pas à quoi ressemble un rorqual !* J'avais gardé cette habitude de fillette habillée de l'espoir que son frère de trois ans son aîné la rejoigne de l'autre côté de la chambre. Et toujours, mon frère me rejoignait sur mon édredon. Aujourd'hui, il ne bondit plus dans les plumes, cependant il continue de traverser la pièce. Il s'assied au bord de mon lit et m'écoute. Lui et moi sommes une conversation éternelle, même en plein râle, au creux de ces mois abîmés. Je sais à sa façon de tenir un stylo en biais qu'il s'apprête à grogner contre les politiciens. Je connais sa toux anxieuse pour masquer ses larmes. J'ai ses habitudes en mon sang.

Aussi j'entendis immédiatement au bruit lourd et traînant de sa basket sur le perron qu'il était à bout. Terminé l'espoir. Seule l'apparition d'une idée nouvelle serait capable de provoquer un retentissement, une brève lueur le long de sa pénombre. Voyez ma vie d'avant, Monsieur l'officier : dénicher des stratagèmes en couleur dans le seul but de restaurer mon frère. Aucune morbidité.

Je dévalai les escaliers en direction du couloir, manquant la dernière marche d'un glissement de chaussette, et ouvris la porte de la façon la plus précipitée qui fût.

– Tu crois que les poèmes de Dickinson sont courts parce qu'elle écrivait sur des petits papiers ? demandai-je, tout près de son visage.

Mon frère n'avait que faire des poétesses, il ployait. Quelque chose était en train de s'effondrer, quelque chose qui m'effraya. Je n'avais pas la moindre idée de ce qui s'apprêtait à tomber.

– Alors, tu crois ? insistai-je.

Il me regardait, et malgré la certitude de reconnaître mon frère, je fus prise d'un doute. Comme si un étranger s'était glissé en secret sous la veste de sport blanche. Sans m'en rendre compte, je m'étais collée au mur derrière moi et j'avais posé mes mains à plat. J'étais prête à m'enfoncer dans la pierre tant la rage de cet homme-ci me pétrifiait.

– Tant que t'écris la vérité, tu peux l'écrire sur du

PQ, répondit mon frère, à peine audible. Les mots suffisent.

Deux phrases, Monsieur l'officier. Deux phrases et le sourire de mon frère, penché sur moi, afin de me rassurer. Me faire croire qu'il allait bien, que cette folie sur lui n'était que passagère. Plus tard, nous engloutîmes des tartines de fromage, et il me raconta la sonnette débranchée, le cri, le drap, la cicatrice, le délabrement. J'avais beau entendre son naufrage, je ne voyais que son visage d'autrefois, ses yeux vissés sur les miens ; mon premier jour d'école ; son souffle brûlant sur mon coude abîmé au beau milieu de la cour. Mon grand frère parla si longtemps que la nuit s'invita dans la cuisine. À la fin, il murmura : « Si t'étais pas là... » Comme il fut pris d'une quinte de toux, je fis semblant d'aller aux toilettes pour ne pas embarrasser ses larmes.

Je savais.

« Si t'étais pas là... »

Ce dimanche a tenu mon frère debout des mois durant, et me tient à mon tour en vie. Inutile de vous expliquer pourquoi, cela m'appartient.

Voici donc la seconde où je me répète « Si t'étais pas là... », face à ma famille dans le salon. Puis « les mots suffisent », avant de prendre le stylo. Je ne dis pas. Je ne peux pas. J'écris ainsi :

on m'a violée en avril

J'oublie les majuscules et la ponctuation. La grammaire a perdu son autorité. Une puissance plus obscure s'est emparée de moi. Le vocabulaire se dégarnit. Reste l'essentiel même cabossé. Toutefois je n'utilise pas le pronom «je», trop intime trop proche de ce qui tranche entre les jambes. Je décide «on» d'un geste du poignet, et je le regrette aussi sec. La vérité n'est pas indéfinie. Elle possède un espace, un prénom, un visage, des rondeurs, une odeur. Pourtant, l'écrire en cet instant m'obligerait à sortir du salon et à trouver un pont duquel me jeter.

Le mensonge du pronom «on» sur le petit carré fuchsia m'apparaît encore irréparable. J'ai l'impression de l'épingler à chacun de mes vêtements. Vous ne le voyez pas, cependant je le sens se broder au moindre coup d'œil prolongé sur mon corps.

Mon père pleure lorsqu'il découvre mon Post-it rose accroché à la table basse, celle que nous avons cassée en sautant dessus tous les quatre, un soir de Nouvel An. Mon frère, lui, se met à rire; un grand éclat, de sa voix d'avant, une fluidité grandiose qui m'arrache un sourire vrai. C'est une seconde de gaieté entière durant laquelle j'oublie le viol. Cet intervalle ouvre un bonheur d'une telle ampleur que j'entends des enfants jubiler en moi. Je les sens piétiner ma douleur. La poussière se soulève et j'aperçois ma silhouette de grenouille parmi les gamins. Je reconnais mes jambes remuantes et mon ventre bombé de sucreries. J'aimerais rester éternellement sur ces sommets de gaieté. Or mes lèvres soudain en joie terrorisent mon frère qui saisit enfin le mot « violé ». La grenouille succombe. Un frisson parcourt son bras lâche. Il s'en veut d'être réapparu loin de l'accident, sous le rose du Post-it. Il agite la tête de droite à gauche, de gauche à droite, et s'il pouvait la décrocher et me l'offrir, il le ferait. Mais je comprends. Je soutiens son regard avachi suffisamment longtemps pour le lui faire entendre. Je comprends son rire. Le ridicule. Le gigantisme de ce crime inscrit sur un si petit papier.

À gauche du canapé, j'observe les joues creuses de ma mère se couvrir de plaques violacées, les mêmes qui apparaissent lors des rendez-vous à la banque, au sujet du prêt immobilier que mes parents ont du mal à rembourser. Les dettes s'accumulent, songé-je, et je deviens l'énième souci. J'imagine déjà ma mère établir une liste grise : remplacer la chaudière (combien ?), prendre rendez-vous avec le nouvel ostéopathe (combien ?), rappeler l'oubli d'une vacation sur sa fiche de salaire, et recevoir le viol de sa fille en pleine figure. Ma mère s'essuie les mains inquiètes sur son pantalon de pyjama de plus en plus fripé. Elle s'accroche au bras de mon père, ses pieds nus posés sur ses chaussons de laine effilochée. Ses yeux restent illisibles ainsi pris au piège du Post-it. Quelle erreur ! Le canapé sur lequel ma famille se décompose me hurle : « Tu n'aurais rien dû dire ! » Oui, les objets me condamnent à leur tour. Ils gonflent et rétrécissent la pièce. J'ai remarqué la contraction du monde à mon passage, la façon dont je clos l'espace avec mon viol comme des kilomètres de crinoline autour de moi.

J'étais naïve de croire que ma charogne n'asphyxierait pas la maison. Que l'atrocité de ma blessure se partagerait à la manière d'une musique ringarde écoutée en boucle. Mon aveu est autrement plus solitaire. Peut-être que certaines unités de temps ne se partagent pas. Ces recoins impossibles à laver sous les lavabos, sous les meubles calés sur la moquette, ces interstices souillés ne gênent personne. Il faut être fou pour approcher une brosse à dents ou une éponge, et gratter. Finalement, on découvre quoi : l'eau brune et les raclures du passé ? Un capuchon de stylo qu'on ne cherchait pas ? Non, ces plis du cœur suintant la crasse, il ne faut pas y toucher. Ne rien dire. À personne.

Vous l'ignorez mais le viol s'est détaché de moi. En l'inscrivant du bout des doigts, j'ai senti le décollement. Un millimètre à peine entre nous. Et après ? Ce n'est pas plus facile. Reconnaître la vérité en soi n'est d'aucun réconfort. Au contraire, savez-vous la stupidité qu'il faut pour dévisager les siens qui se tapissent de viol ? Continuer de voir ce linceul s'étendre jusqu'à engloutir le pavillon, la voiture, le jardin... La suite m'échappe. Des questions peut-être. Rien ne peut désunir mon regard de celui de mon père. Car il pleure.

C'est la première fois qu'il pleure devant mon frère et moi. Je ne parle pas de sanglots lourds, plutôt de cils humides, d'un collier de larmes semblables à des gommettes d'eau sur ses joues. Il n'a pas versé une goutte à l'enterrement de son frère l'an passé. Tandis qu'ici, les coudes sur ses genoux renflés, les mains plantées dans ses tempes grisonnantes, il renifle, se mouche de l'index. Ça me répugne. La morve fait briller son ongle et la culpabilité m'assomme. Je suis parvenue à soulever un chagrin plus grand que la disparition de son frère cadet, celui qui détenait les odeurs de son enfance.

Au cœur d'une fête d'anniversaire, je l'avais entendu confier à ma mère qu'il oubliait peu à peu le goût des mûres dévorées sur le chemin de l'école, et surtout l'odeur des rondins de bois volés au voisin, les jours de grand froid. Mon père est un poète à l'abri des autres. « Mon frère est mort, et tout ça disparaît avec lui », avait-il conclu. Il n'y aurait plus jamais de langue violette et de manteaux piqués d'échardes. Pourtant, mon père ne pleurait pas, la rose blanche entre ses doigts devant le cercueil refermé. Il contemplait la fin d'une vie comme je contemple la mienne.

Je crois que je disparais.

Tu le sais, papa, puisque tu pleures.

Face à mon morceau de papier, tu as remué les jambes à la manière d'un gamin pressé d'aller aux toilettes. Ensuite, tu t'es essuyé les yeux du revers de la main, après une drôle d'aspiration comme un cri avorté. J'ai sursauté lorsque j'ai saisi tes pupilles sur mon visage. J'y ai concentré ma vérité afin de ne pas avoir à t'expliquer. Tu as entendu le monologue de ma douleur car plus tard, tu es entré dans ma chambre.

Tu as ordonné à Pablo de sortir d'un claquement de doigts. Il a mis du temps à enfiler ses chaussons, tellement que tu t'es agenouillé devant lui afin d'en finir. Cela faisait des semaines que tu n'avais pas aidé Pablo à enfiler quelque chose. Ce contact vous a électrisés. Une dispute a éclaté. « Incapable ! » a résonné longtemps. J'avais l'impression que tu t'adressais à moi à travers Pablo. Alors je suis restée à ma place, assise sur mon lit de gamine, sous l'édredon où se sont tapies toutes mes métamorphoses. Je comptais les rayures sur la couette de mon frère. J'ignorais qui défendre. Ton poing a heurté l'interrupteur, et Pablo en a profité pour sortir de la chambre. Ses pieds rampaient. Quand la lumière est revenue, tu as fermé la porte derrière toi. Tu as effleuré un nœud de bracelets à breloques posé sur ma commode, en te mordant la lèvre supérieure. Tu n'as pas ouvert la bouche. Aucun murmure. Aucun souffle ne t'a échappé. Moi, mes poumons ne voulaient pas laisser cet air-là me quitter. Cet air pris sous les pétales, je ne pouvais pas me résoudre à te le donner. Cette honte. Mon Dieu, cette honte m'a coupée en deux. Le viol, lui, est resté tout entier en moi. Nous étions trois dans la pièce.

Ensuite, tu as mis ta main dans la poche gauche de la veste de ton pyjama. D'un pas maladroit, tu t'es approché. Tu ne parvenais pas à sortir l'objet rond de ta poche en marchant. Tu perdais patience. Tes orteils se sont pris dans les franges du tapis. Tes genoux se sont cognés contre la chaise de mon bureau et tu t'es rattrapé à mon bras. Je t'ai maintenu fermement alors que tu m'as donné une tape de la main gauche, le genre de geste qui fait taire un animal qui quémande. Je n'oublierai jamais la répulsion; l'erreur terrible de t'être accroché à moi. La douleur sur ton visage. Tu ne connais peut-être pas l'autoportrait de Gustave Courbet intitulé *Le Désespéré*. Tu ne t'intéresses pas à « ceux qui gribouillent, à cette bande de feignasses et de dégénérés qu'on appelle les artistes », comme tu aimes le répéter grassement aux repas de famille, afin que ta sœur, professeure de dessin, s'étrangle de colère. Pourtant, je sais que tu cherches la traduction des paroles en portugais lorsque maman évoque le fado qu'elle aime tant. Je connais les secrets de ton portefeuille : un dessin de ta sœur et un poème écrit par Pablo et moi pour la fête des pères. Tu serais captivé par la ressemblance avec le désespoir représenté sur cette toile ocre. Tu ne pourrais pas la nier, même si tu le ferais à t'en bousiller la voix. Je ne saisis pas toujours les raisons qui te poussent à te tenir en massue mais je partage tes souterrains. Je les protège.

Soudain, j'ai eu la sensation qu'un vent d'un autre temps s'engouffrait dans la pièce alors qu'aucune fenêtre n'était ouverte. *Le froid est revenu*, me suis-je dit. Il manquait le cerisier, les racines de l'arbre dans mes reins. Le crime était déjà là entre nous.

Une fois le dos droit, les jambes de nouveau stables, tu as tapoté la poche de ton pyjama, et tu as renoncé. Tu as renoncé à être mon père. Puisque cette chose dans ta poche est restée dans ta poche. Moi, violée, je ne méritais pas ce secret, cette offrande. Comment exprimer… La honte m'a empoignée si fort que j'ai pleuré tout ce que je n'avais pas dit. Je n'ai pas fait de bruit. Je n'osais pas renifler. Les ruissellements trempaient mon tee-shirt. Les rayures se confondaient. Tout était blanc et trouble. Je ne t'ai pas regardé sortir. J'ai simplement entendu la plainte émise par la poignée de la porte.

Depuis, je ne compte plus les repas de famille lors desquels on ne parle pas. La muraille du frère et du père assis loin, loin des vacances de Pâques, loin des bonnes notes, loin du viol. Si l'on ose prononcer une syllabe, on la maintient autour de la table : le sel, le poivre, le pain. On prend bien soin de ne pas me frôler. Ne plus évoquer la natation au risque de croiser mes jambes nues et de placarder un souvenir de maillot de bain dans la cuisine. Si l'on s'adresse à moi, on craint de discuter avec le crime. « Elle n'a que dix-sept ans, bordel ! Comment c'est possible ? » hurlait mon père à ma mère en larmes, hier soir. Car c'est moi qui ai fait entrer le viol dans la maison. C'est moi qui dégrade les tapisseries sur les murs, moi qui pourris les joints dans la salle de bains, moi qui provoque l'apparition des souris à la cave.

J'ai écrit sur un Post-it rose et dorénavant, la mort rôde.

Il faut comprendre. Je n'avais jamais rencontré la mort avant.

Elle ne m'avait nullement regardée dans les yeux. Je l'avais croisée quelquefois au détour d'un livre, et deux après-midi au cimetière.

Je ne veux pas parler de la mort de mon oncle – individu secret, spectre solitaire appartenant à mon père. Ce deuil-ci n'est pas le mien. Non.

Mes grands-parents maternels ont perdu la vie dans un accident de la route quand j'avais huit ans. Je me rappelle les graviers dans mes chaussures neuves, et les pissenlits arrachés avec ennui, entre les collines de tombes. Ma mère m'a grondée en époussetant les pétales d'or sur mes paumes. Comme elle pleurait, elle s'est essuyé les joues. Le jaune a coloré son visage. Ce moment, qui aurait dû être obscur de notre chagrin, piaillait soudain de printemps et de dorures. À l'époque, la mort a simplement transformé mes week-ends et mes vacances. Au lieu de me rendre chez mamie, je jouais dans le parc. Oui, le parc au cerisier. Le même. Mon grand-père ne m'aidait plus à finir mes exercices de maths le dimanche soir. Il me manquait des poignées de bonbons torsadés et acides au fond des poches de mes manteaux. Mes grands-parents ont cessé d'exister à l'intérieur de notre vie. Néanmoins, la mort n'était qu'une disparition. Des absences de douceur ici et là, puis des mélancolies, parfois, en décelant le parfum fleuri de ma grand-mère, dans une cabine d'essayage.

Aujourd'hui, je ne sais plus. On parle de « la mort » comme de l'unique et grande fin. Pourtant, je crois qu'il en existe plusieurs.

Il y a trois mois, j'ai rencontré la mort. Je l'ai regardée dans ses yeux noisette aux paupières basses. Ses cils étaient si longs qu'ils formaient une ombre plus grande que ses cernes. Vous imaginez comme il faut être près de la mort pour apercevoir ce détail. Si elle a surgi du corps de l'autre, je me demande s'il existe une façon plus sale encore d'arrêter cette déchéance. Arrêter la fin qui ne cesse d'avancer en moi. Je m'interroge : la mort fait-elle aussi partie de mon frère ? À présent, nous avons la même façon d'être clos. Une chute commune. Il est évident que ma propre existence se laisse entraîner vers le vide, le vide de celui qui m'a niée le temps de. Ne plus rien être au cœur. Ni rêve ni saut de l'esprit. L'idée fixe et bête de l'obscurité. Oui. Je suis morte là-bas, sous le cerisier, sous le corps du garçon.

Si j'oubliais dorénavant, si mes joues s'empourpraient de bêtise, si je m'exclamais « je me suis trompée, ce n'était pas un viol, pas du tout », on s'empresserait de me croire. On me tapoterait la main et le visage en souriant. Soulagement aux quatre coins de la maison. On me regarderait en face. Vous surtout. Tout est préférable à la vérité. Sauf que pour s'éloigner vraiment de la mienne, il faudrait s'échapper de cette ville où les arbres fruitiers continuent de fleurir malgré la mort de mes dix-sept ans. Il faudrait mourir de nouveau. Alors comment oublier que je suis morte ? Comment vaincre la défunte qui gâche les dîners et impose le vide ? Je l'ai laissée entrer, cette fille violée, croyant que les miens la tueraient de quelques coups de bâton. Je serais revenue s'ils l'avaient massacrée devant la télévision. Mais voilà qu'elle parle en mon nom, qui est possiblement la seule chose qui m'appartienne encore.

Pause.

Je regarde les mouchoirs humides se décomposer entre mes doigts depuis une heure. Je raconte la brûlure entre mes cuisses. Votre visage de roche affiche un tel dégoût qu'il m'oblige à me renifler. L'odeur nauséabonde des phrases qui n'auraient jamais dû sortir de ma bouche. Je pose mes mains sur la boucle argentée de ma ceinture. D'une certaine façon, vous souhaitez la défaire, arracher le cuir et voir le cri, les doigts, l'intrusion, vite fait, sans avoir besoin de m'écouter pendant des heures. Cependant, je refuse de descendre. Je me sauvegarde. Il me reste cette parcelle exiguë, cette chose à ras qui nécessite l'amour, uniquement l'amour. Quelle sera mon identité si je vous donne ce qui me compose désormais ? Je ne veux pas m'avancer en dessous de la ceinture. Je préfère rester un crachat sur votre clavier, continuer d'éclabousser vos empreintes.

Un crachat sur la littérature de Camus.

Ce cimetière où ma chair s'est enracinée.

Je repense à ma tombe, à mon poème sur l'extrait du prix Nobel. Je ne sais pas comment expliquer mon envie nouvelle de couvrir les mots des autres. Partout. Je rature les prénoms gravés sur les tables en cours de maths. Je raye des pages entières de romans, de magazines féminins, de journaux posés sur l'accoudoir du canapé. J'ai cessé de lire. Je ne construis plus ma pensée sur celle des autres. J'ai arrêté de bâtir. Je détruis et je m'y habitue avec une aisance telle que je n'ai plus peur de jeter des livres à la poubelle. L'autre jour, j'ai arraché un Marguerite Duras à l'étagère du CDI et je l'ai jeté par la fenêtre. La simplicité du geste m'a soulevé le cœur comme la première fois où j'ai lâché le guidon de mon vélo. Je ne sais toujours pas si j'aime cette sensation mais elle me dure des minutes précieuses, des sabliers à côté du viol. Hier, j'ai réussi à gratter le mot « révolution » à l'aide d'une fourchette, sur le mur tagué d'une impasse, à quelques mètres de votre bureau. Pourquoi ces folies ? Parce que les mots du garçon, je les ai compris.

Je n'en reviens toujours pas d'avoir reconnu le dialecte de la chair qui pourrit. C'était une parole de meurtrissure au-dessus de moi. Malgré cela, j'ai compris. J'ai mâché ses mots et je les ai avalés. Pourtant, je sais dire « non » dans ma langue. Pas dans la sienne. Le langage de la mort ne permet aucun dialogue. On ne s'adresse pas à elle. On sait pourquoi elle est là, et il serait vain de l'empêcher. On n'empêche pas le soudain et l'inattendu.

Voici le moment redouté.

Je n'ai mis aucun coup. Je n'ai pas utilisé mes genoux comme avec d'autres, des amis, quand ils me surprennent, la main dans mon dos, au milieu d'un couloir étroit, entre deux salles de classe. Je n'ai pas visé l'entrejambe. Je n'ai pas ri en repoussant le garçon. Je n'ai pas fait semblant de ne pas saisir. Je n'ai pas hurlé de toutes mes forces. Quelque chose à l'intérieur de mon féminin savait que la puissance du langage s'était éteinte. Et j'ignorais que la mort porte parfois le visage de celui qu'on aime. Je ne crois pas avoir manqué de courage. Au contraire, j'ai fait preuve d'une forme d'intelligence muette que seules les survivantes connaissent. Mon silence a gardé un infime fragment de ma personne à l'abri, ce fragment duquel je vous parle dans ma tête. Autrement, je ne sais pas.

Vous doutez encore, les mains crispées, en arrêt sur le clavier de l'ordinateur.

– Il n'y avait personne dans le parc ? Un dimanche midi ? interrogez-vous.

– Non.

– Mais là, vous agacez-vous, l'index couvrant le point de mort sur la carte de la ville. Là, même là, il n'y avait personne ?

Non. La pluie avait commencé son travail de solitude derrière la colline. Je regarde mollement le lieu des damnés, le vert vulgaire signifiant la présence du jardin japonais sur le plan, à présent sous mon nez. Je me retiens de saisir votre stylo et de tirer un trait noir. Effaçons, s'il vous plaît. Rayons la ville. Posons des bombes « là, même là ». Pitié, ne m'obligez pas à refaire le chemin.

Silence.

– Bon, on va dire que ce n'est pas impossible, concédez-vous face à mon désarroi.

J'acquiesce alors que je voudrais m'en aller.

Avez-vous déjà eu peur, Monsieur l'officier ? Je veux dire, absolument peur. Entouré de. Infiltré de. Oubliez les paniques ridicules de cinéma ou les sursauts pour rire. Le danger, ici, dedans. L'horreur sous la peau. Des bourdons si forts dans les oreilles que vous pensez avoir perdu l'ouïe. Les poumons qui oublient leur rôle, et la gorge fendue ; la fièvre des nerfs ; le sang rigide. Si je n'ai pas hurlé, j'ai tremblé sous la masse. Mes dents claquaient tellement que j'ai mordu sa langue ; le goût du sang pareil à des centaines de petites pièces de cuivre ; sa blessure dans ma bouche. Et cette nausée de voir, de sentir, de savoir. Ensuite, uriner de trouille juste avant que le garçon se lève. Voyez comme on s'éloigne de cette angoisse de fillette perdue dans un jardin rempli de familles en pique-nique. Je vous parle d'une jeune fille qui sent le liquide chaud puis froid s'écouler le long de ses jambes pétrifiées. L'abomination glacée. Ce givre jaune attaque le jean et le squelette et les sens et l'humanité tout entière. Et les yeux du garçon qui sourient, ces deux assassins qui montrent : « C'est comme ça que tu vas finir. » Finir dans ce que mon corps a rejeté. Dans mon urine. Cette tyrannie des muscles, de la peau de l'autre qui force la bouche à se cloîtrer des mois après le crime. La peur qui tue, vous ne savez pas.

Les phrases prononcées par le garçon, impossible de les désapprendre, de leur donner une identité nouvelle comme on couvrirait un canapé usé d'un tissu à la mode. Vous ne parlez pas ce dialecte de mort, n'est-ce pas, Monsieur l'officier ? Vous ne l'avez jamais entendu. Ou bien vous faites semblant.

Désormais, je ressens la nécessité de déguiser les mots.

Au lycée, il y a cette phrase inscrite au marqueur rouge au-dessus du sèche-mains, dans les toilettes des filles : *Cette maison est étrange.* J'ignore qui a écrit cette formule, une élève sans doute. La première fois que je l'ai lue, je n'y ai pas réfléchi. Puis elle a fait partie de mon existence au même titre que « M. Baquero est un chien », derrière la porte du laboratoire de chimie. Néanmoins, un jour de pluie ruisselante, Andrea – ma meilleure amie – et moi, nous nous sommes séché les cheveux sous « cette maison est étrange ».

– Pas faux, avait soudain commenté Andrea. Le lycée, la fac, l'usine, le bureau, tout ça est super étrange.

– Tu veux dire : parce qu'on y passe plus de temps qu'avec nos propres cinglés ? avais-je plaisanté.

– Non, je crois que les familles sont les vraies folies. Faut être dingue pour aimer quelqu'un au point d'avoir un enfant.

Mon amie n'a pas ri. Elle songeait à ses parents, à ces « deux droites parallèles », comme elle les appelait. Leur relation ne constituait aucunement un foyer. Ensemble ne valait rien d'autre qu'un bruit de fond, tout juste des ronflements en rythme. Tout à coup, les yeux d'Andrea semblables à deux rafales de vie se sont arrêtés sur les miens lorsqu'elle a ajouté :

– Toi et moi, nous sommes une maison ! Une vraie villa avec piscine et vue sur la mer !

Ma villa m'a appelée le dimanche du viol. J'ai décroché, cependant je n'ai rien dit. Un son a quitté mon corps. L'agonie, je crois. Andrea n'a pas demandé. Elle a annoncé : « J'arrive. » Elle n'a pas attendu le bus devant son immeuble. Elle a pensé qu'elle serait plus rapide si elle courait sans interruption jusqu'à ce quartier monotone où ma famille habite depuis toujours. J'ai entendu les hoquets et les sifflements de la gorge de ma meilleure amie, en bas, dans l'entrée, avant de l'apercevoir. Elle a gardé sa respiration d'urgence longtemps après l'effort. Elle buvait son verre d'eau en gardant un œil sur moi, debout près de la fenêtre. Ma mère toquait à la porte, ouvrait après un « oui ! » détonant de ma part, posait une assiette de gâteaux sur le bureau, attendait – rien – et repartait avec cet air de mal-aimée, le soupir frustré.

Sitôt en compagnie d'Andrea, je suis redevenue le viol. Je n'avais plus besoin de mon déguisement de jeune fille, celui que j'avais revêtu durant le dîner, afin de ménager mes parents et mon frère. Mon amie ne craint pas les cauchemars. Elle comprend le dedans et les organes difformes ; le cœur éventré et le corps mutilé. C'est elle qui est restée au chevet de mon frère, les heures où mes parents et moi écoutions les chirurgiens. Elle et ses livres plastifiés, en compagnie de ses deux petites sœurs aux tresses brillantes, le chemisier bien repassé, racontant des histoires de forêt à mon frère souriant. Andrea rend tout transparent car elle ne contient aucune trace d'obscurité. Je n'exagère pas. Elle occupe l'espace à la manière d'une vallée enneigée. D'où que l'on regarde, la beauté s'étend. Elle ne vous offre jamais moins que ce que vous espéreriez. Et elle répète, au point de vous abasourdir, qu'elle a choisi la vie. «On choisit de regarder le monde sous le soleil, et à l'endroit», dit-elle sans prétention, avec la justesse de ceux qui savent combien le monde peut être écœurant. Seulement, se tenir hors de lui ne l'intéresse pas.

Une amie au milieu de vous, Monsieur l'officier, savez-vous ce que cela signifie? Vous souvenez-vous d'avoir croisé Andrea plus tôt?

Elle était présente lorsque je suis sortie de votre bureau en courant, quinze minutes après y être entrée. En bon guerrier de la parole, vous avez interrogé sec, en mimant ce que je racontais. J'observais vos mains exprimer une autre histoire, avec ces deux adolescents heureux batifolant sur les pétales. J'ai cessé de parler. À l'endroit de l'écrasement, vous avez appuyé si dur que j'ai eu la sensation de vos mains sur celles du garçon fracassant mes épaules. « Au début, tu disais qu'il te maintenait les bras. Là, tu parles de tes genoux. Bras ou genoux, il faut choisir », avez-vous plaisanté. Sur ce gloussement, je me suis levée et je suis partie. De toute façon, la porte était restée ouverte. J'entendais les pas de vos collègues derrière moi. L'un d'entre eux s'était arrêté un instant, et vous avait fait un signe. Vous aviez levé le pouce et offert un clin d'œil. « Oui, pardon, tu disais que tu l'as regardé partir, et après ? » aviez-vous repris. Ce sont les mains de mon amie qui se sont posées sur mes épaules quand j'ai chuchoté « je ne peux pas ». La salle était pleine de regards curieux, et je tanguais. « C'est toi qui décides, toi », a-t-elle assuré. La certitude du choix de ses mots, la clarté de sa pensée a éclaté. *Toi !* Il y en a eu des « toi » avant que je fasse demi-tour. Et lorsque je me suis retournée, juste avant de reprendre le combat, Andrea était toujours là, son visage comme la dernière manifestation du sublime avant la mort. J'ai pensé à ce « toi » qui signifiait « moi ».

Ma vérité.

Une amie de l'ampleur d'Andrea, vous n'en avez pas. Quelqu'un qui s'assied au bord de vous et de votre dépeuplement, vous ne savez pas ce que cela signifie. Ce fragment de mon être dont je parlais tout à l'heure, c'est elle qui l'a trouvé sous les décombres à la seconde où elle a chuchoté : « On va lui couper les couilles et après, on va lui casser les jambes. » Une pause. Son mouchoir sur mes yeux. « On va lui crever les yeux aussi, et lui ouvrir le bide ! » Le massacre du garçon. La certitude de sa dégueulasserie à punir. Toute cette rage a soulevé une bribe de moi. J'ai ressenti un geste, un genou se plier, une souplesse entièrement du côté de la vie. Grâce à elle.

Puis la rigidité du vide est réapparue. « Ça ne sera pas si simple », a chanté le viol.

Ce lundi, le lendemain du crime, j'ai revu cette phrase aux toilettes, à propos de l'étrangeté de la maison. Cette fois, je l'ai effacée à m'en broyer les ongles. Après quoi je l'ai déglutie. Elle s'est installée bien au fond afin de m'expliquer ce que j'avais ressenti en rentrant chez moi la veille.

« Chez moi était étrange. » Ma maison n'avait pas été modifiée, pourtant je m'attendais à la voir renversée, à mon image distordue.

Je revois.

J'ouvre la porte d'entrée pour la première fois au cœur de l'après-midi. Le soleil borde le chien endormi sur le canapé. Ce même chien se lève, frétille puis s'arrête en m'apercevant dans le couloir. Il aboie durement avant de prendre peur. Je l'observe se réfugier sous les lourds rideaux du salon. Je ne réfléchis pas à son geste. Je n'en suis pas capable. Plus tard, je comprendrai que si le chien ne m'a pas reconnue, c'est parce que je ne me suis pas encore couverte de ma peau de jeune fille. À cette heure inconnue, je suis le viol à vif et terreux, recouvert de champignons écrasés et d'épouvante.

Au lieu du chaos, je reçois le choc d'un couloir clair et fleuri : les orchidées debout vers les baies vitrées et le bois limpide des meubles. Les parapluies disciplinés occupent les angles toujours droits. Les plafonds ne s'effondrent pas. Le carrelage reste poliment au sol. Il ne penche pas comme mon corps. Le quadrillage de mosaïques beiges aux murs de la salle de bains me fait plisser les yeux. Tout est propre. Plus j'avance dans les pièces vides, plus elles resplendissent de ses habitants. Les chambres à l'étage offrent des paysages encadrés, une guitare, des affiches de cinéma, les souvenirs d'une famille. Des boîtes en plastique et des plats sous cellophane sont posés sur le plan de travail de la cuisine. La pièce embaume les heures de cuisson. Je me souviens du mot rédigé à la main, aimanté au réfrigérateur : *Il y a de la pâte à cookie prête à cuire. Nous rentrerons avant que vous ayez tout mangé. Bises. Maman.* Combien de fois ai-je relu ce message, le dimanche du viol ? Combien de fois suis-je revenue devant ces phrases incompréhensibles ? La vérité de la *pâte*, de l'écriture droite et pressée, de la tendresse qui ne m'appartenait pas. Le mot « tendresse » s'est perdu.

En ce jour d'étrangeté abyssale, j'oublie ma famille, mon lieu. Je suis seule, d'une solitude inconcevable pour celui qui n'a jamais été trahi par la vie. Néanmoins, je suis certaine de connaître « maman », certaine de la vouloir hors de ce que je suis. Je m'étonne d'être revenue à pied du viol, à l'endroit où les objets n'ont plus la moindre utilité. J'observe les formes, les couleurs et les creux, et je ne sais pas. Ne plus rien identifier comme étant sien. Le viol titube un peu, au premier plan de tout. Mes jambes ont gardé l'empreinte d'une géographie, d'un foyer derrière le brouillard. Alors j'hésite. La sensation d'être déjà venue ici. Aucune certitude ; aucune pensée ; aucun rappel ; j'ai effacé la vie d'avant comme ce chien craintif qui n'a plus de nom. À cet instant, je ne me souviens plus d'avoir dormi contre lui, dans mon lit. Or le soir même, je trouve des poils entre les plis du drap fauve et chiffonné. Le chien hésite de nouveau. Il tente de coller sa truffe contre ma main. Il se lève sur ses deux pattes et remue la queue tandis que je le traverse. Je pose les yeux sur son geste, pourtant je ne le regarde pas, et il ne se trompe pas. Il bat en retraite face au danger. Sous cette enveloppe de chair familière demeure le viol.

À dire vrai, je ne suis plus personne et je ne suis plus chez moi. Depuis que je suis un crime, je me divise, ou plutôt je me soustrais. Les essentiels d'avant n'existent plus. Je n'appartiens ni à cet ordre affectueux, entre les murs de la maison, ni à l'arbre meurtrier, là-bas. Les vies d'avant se retirent, nerf après nerf, poil après poil.

J'ai perdu ce quelqu'un.

Je n'ai pas été enterrée sous le cerisier, alors j'erre à l'arrière-plan de mon existence. Je me tiens repliée sur mes entrailles du fait d'une douleur perçant mon bas-ventre. J'ai la nuque molle, l'épaule lourde et la démarche fantôme telle une indéfinissable masse dans la nuit. Je suis un monstre.

Que personne ne me voie ainsi.

Brute.

Pourriture et pétales écrasés sous les ongles.

Que le chien me morde puisque je suis une inconnue. Pire, une ennemie. Une étrangère au cœur. Que le jour disparaisse. Qu'on me laisse la nuit, qu'on me traîne quelque part où les loups chassent et dévorent.

Si je vous racontais cela, Monsieur l'officier, vous me croiriez folle. Or je ne parviens toujours pas à m'imaginer ailleurs que dans un espace dévasté, à l'image de ce que je suis – un chaos.

Je vois parfois des barbelés aux fenêtres de ma chambre. Il ne me viendrait même pas à l'idée de les fuir. J'appartiens aux pointes. Pourtant, les deux larges ouvertures sur le jardin m'ont offert les splendeurs du ciel de mai : des allées d'ambre et d'abricot au crépuscule, la terrasse ensevelie sous le printemps. J'ai contemplé le mois de juin ouvrir les fleurs de magnolia alors que je reste indigne de ces beautés. Les draps sur mon lit se parsèment de motifs délicats, des roses dépourvues de ronces. Le bureau demeure blanc et studieux. J'accroche le peignoir moelleux à la porte de cette moitié de chambre poudrée. À chaque fois, il me faut me souvenir que je ne suis pas morte ici, dans cette pièce délicieuse aux allures de salon de thé. Car je me vois tel un cadavre qui se décompose sur un sol graveleux, jonché de détritus. J'apparais ainsi sur le miroir posé sur la commode : répugnante et cauchemardesque.

Je ne crois plus les photographies. Des fragments à supprimer. Qui est donc cette grâce enfantine clouée au mur ? Il me semble apercevoir des secousses au bout de ses cheveux mouillés de sel. Ses sauts à l'intérieur des vagues ont l'air de cacher les larmes derrière elle. Je le sais désormais. Je ne suis plus saine et sauve. Mes sourires de fillette ne parviendront pas à camoufler le squelette rongé par le garçon. Ma façon charmante de me rapetisser sur le canapé – oubliée. Rouler mes longues chaussettes le long de mes mollets tendus – terminé. Je ne regarde plus les films de famille. Je ne me reconnais plus.

Je ne suis plus frileuse. Je suis l'hiver.

Pluie et couteaux lorsque je m'enroulais de sable et de soleil, au bord d'un lac, au début de l'été dernier. Pluie et couteaux sur les clichés scotchés au-dessus de mon lit. Pluie derrière le diplôme de secourisme humblement posé sur mes genoux. Couteau sur couteau plongé dans le gâteau d'anniversaire la semaine dernière.

Un mensonge.

Je suis atrocement douée.

Un magnifique néant.

J'écris des phrases obscures qui ne ressemblent pas aux sourires offerts aux professeurs, aux passants, aux amis, à la vie elle-même. Durant ces jours où seule Andrea sait, rien ne justifie les ombres que je dissémine sur mes cahiers de brouillon. Des promesses funestes.

J'aimerais m'en aller, me fondre dans le vide, oublier son nom sur un chemin bordé de ronces. Oublier le printemps d'avril, et la pluie sur les baisers d'épines.

Qu'il ne pleuve jamais plus sur moi.

Je rouille.

Soudain, Monsieur l'officier, vos paroles me jettent par terre et me rouent de coups.

– Tu as dix-sept ans. Ce n'était pas plutôt une première fois un peu maladroite ? suggérez-vous.

– Non ! protesté-je immédiatement. N...

Ma langue se dresse au bout de ma phrase. Je bute contre l'arrière de mes incisives. Je fais l'erreur de laisser vos questions m'envahir. Votre doute commence à gratter la chair.

Cela fait deux heures que l'on m'oblige à justifier. Encore. Répéter « comme la première fois ». Pour que je comprenne ce qui est arrivé à cette fille qui n'est pas moi. La première fois. De la terre sablée sur les coudes du manteau, des fleurs mortes sous les fesses. *Ma première fois.* Cette formule, je la refuse. Que celui qui fait mourir le monde fasse mourir ces mots. Je vous en supplie, que ces mots crèvent ! Que l'on cesse de m'interroger. Auriez-vous raconté votre première fois à un officier de police s'il n'y avait pas eu de crime ? Non, évidemment que non.

Moi j'aurais rejoint ma meilleure amie chez elle, dans l'agitation de sa chambre cernée d'objets en plastique clinquant, partagée avec ses deux petites sœurs semblables à deux impératrices, recouvertes de bijoux fantaisie et de polyester doré. J'aurais apporté des bonbons, des crocodiles ou des dents de vampire, leurs préférés. Les doigts vernis se seraient précipités dans les paquets. Le sachet aurait succombé sous la bataille des reptiles rouges. Andrea aurait secoué et ouvert une énorme bouteille de soda. La pression aurait soulevé le capuchon et la mousse se serait répandue sur nos chaussettes. Nous aurions nettoyé brièvement, l'éponge imbibée de nos rires. Enfin, nous aurions chuchoté sur son lit, sous la couette aux teintes pastel, nos nez plaqués contre des peluches rugueuses de bave sèche. Personne n'aurait commandé une parole plus forte, plus ordonnée. Les petites sœurs auraient chatouillé nos pieds, et nous aurions hurlé en les poursuivant dans l'appartement au désordre chaleureux. Sur le pas de la porte, juste avant que je mette mes mains encore collantes de notre petite fête dans les poches de mon blouson, Andrea aurait murmuré un dernier commentaire : quelque chose de noble ou de drôle. Cette phrase m'aurait habillée de dignité et de tendresse sur le chemin du retour. Je le sais car Andrea a vécu sa première fois l'an dernier. Avant de la quitter, juste devant l'ascenseur, sur son palier, j'avais soutenu que rien ne la rendrait plus belle ou moins belle, que ce garçon qui ne l'avait pas appelée les jours suivants ne changeait rien à son expérience heureuse, à sa joie de l'avoir fait, à son intelligence, à son humour, à toutes ses splendeurs tant imprégnées d'éclat et de bonté qu'il était impossible de la connaître sans l'aimer. Si son petit ami n'avait pas composé son numéro, c'était pour la simple et bonne raison qu'il n'avait pas eu le temps de connaître Andrea. Sa faute à lui.

Cependant, j'ai rejoint le parc et on m'a violée.

Je suis morte sous le cerisier.

Vous ne me croyez pas puisque je respire. Seulement j'ai appris à faire semblant d'être en vie. J'ai appris cela lors de cet après-midi livide. Vraiment. Pourquoi viendrais-je mentir ici, en cette journée opulente de soleil alors que notre jardin regorge de fraises presque noires de juillet ? Si le viol n'était pas réel, je serais en train de les cueillir, ou de me raser les jambes. J'aurais sans doute oublié de le faire la veille. Je resterais assise sur le rebord de la baignoire encore fraîche. La crème solaire brûlerait mes mollets irrités. Puis j'attraperais mon maillot de bain pour rejoindre Andrea et sa famille à la piscine municipale. La télévision serait allumée sur un vieux dessin animé que Pablo adore, et que je fais semblant de détester afin de provoquer une réaction. Comme ces fois où il commandait au chien de cacher mes sandales de l'autre côté des haies, au milieu du jardin des voisins. Je riais et lui faisais sentir les chaussures de notre père en retour. Aujourd'hui, il m'offrirait un maigre sourire et me demanderait de lui ouvrir la bouteille de jus d'orange, posée sur la table de la cuisine. J'hésiterais. Enfin, je lui répondrais : « Tu me prends pour ta bonne ? » Et son sourire s'évaserait jusqu'à ce que je revienne le soir, jusqu'à ce qu'il glisse un glaçon sous mon tee-shirt, une façon bien à lui de me remercier de ne pas le penser invalide et incapable. Au contraire, le penser aussi vaste que les étés de notre enfance.

Avant, c'était ça ma vie d'été : vivre et consolider mon frère. Avant, mon corps se tenait juste et sentait la mousse à raser. Il n'était pas toujours adroit et confortable mais il était mien. Il se dénudait sans penser aux rondeurs de l'autre, à ses yeux d'or, au lieu des damnés. Il ne craignait ni les sillons du soleil, ni les regards coupants dans les fissures.

Pourquoi aurais-je poussé la porte d'un commissariat si mon être était en équilibre, si je n'avais pas une vérité à instituer ? Que viendrais-je chercher dans ce lieu d'hiver colossal ?

Vous aimeriez que je mente ? Vous préféreriez un mensonge. Vous ne voulez pas réellement savoir ce que je sais depuis trois mois. Que croyez-vous ? Que ce que j'ai appris sous le cerisier me rend plus forte? Pensez-vous que les réponses à vos questions seront plus précises, plus simples à dire la centième fois? Je me décortique pendant que vous déconstruisez. Ces pierres que je roule vers vous, vous les renvoyez très bas. Il me faut me pencher davantage, déterrer le cadavre, le remonter à votre hauteur, et recommencer. Lentement. Plus vite. C'est intolérable! Mon viol à déposer sur des papiers, des surfaces lisses qui ne reçoivent rien d'autre que de l'encre. Vous n'écrivez rien de ce qui rend malade d'être si peu en vie.

– Les mots ne suffisent pas là-bas, accusé-je soudain à voix haute. Pablo ne sait pas de quoi il parle. Il n'a jamais lu ses poèmes.

– Quoi? vous étonnez-vous.

– Ceux d'Emily Dickinson.

Vous frottez vos yeux.

Je n'ai pas le droit de dire mon histoire comme elle existe. Décomposée. Des rires sous un parapluie. Une griffe sur un sein. Vous ne saisissez pas mon langage car j'emmêle les faits et les émotions, l'avant et l'après. Or il faut séparer, se tenir à la verticale, le squelette sans encombre, obéir, être la victime qui a tout consigné dans son petit cahier, celle qui n'existe pas.

– Bon allez, une dernière fois, raconte-moi dans l'ordre, proposez-vous, le ton doucereux.

Quel ordre ? L'ordre du viol ? ai-je envie de riposter. Ai-je reçu une leçon, comme toutes les autres petites filles à l'école ? *Si un jour le poids du garçon est si lourd sur ton corps que tu sens ton tombeau au creux de tes cuisses, voici ce que tu devras faire.* Où sont ces classes de braguettes et de blessure ? Qui a rédigé la dictée du viol ? « Quand/il/abaissera/son/pantalon/, A-BAISSE-RA son pantalon... » Je n'ai pas lu le manuel auquel vous semblez faire référence. Moi je sais que l'on se doit de rester immobile face à un ours. J'ai lu ce conseil inutile. Mais quand l'ours attaque, quand il s'installe à l'intérieur de vous, quand il détruit alors que vous continuez de respirer... ça... je... Peu importe, j'aurais dû me défendre, et je devrais savoir dire comme un uniforme dirait.

D'un coup, je brûle. Il me prend l'envie de saccager. Je m'esquinte en contemplant cette affiche ridicule, au-dessus de votre crâne chauve reflétant les néons au plafond. Qui a choisi le poster du film d'animation *Pinocchio* ? Son nez qui s'allonge à chaque mensonge. L'illustration du pantin de bois me crache au visage. Suis-je une blague à offrir aux uniformes ? Je dois me tromper de conte. C'est cette affiche qui soulève mes larmes, Monsieur l'officier. Je peux bien pleurer puisque je suis une marionnette bientôt transformée en âne.

Vous me tendez une boîte de mouchoirs tandis que je cherche dans la poche de mon sac à dos. Votre pitié ne me concerne pas. De votre honte, je n'ai que faire, Monsieur l'officier. J'ai la mienne pour me tenir droite à chaque minute de cette existence qui penche. En réalité, vous aimez les larmes. Elles vous permettent un élan qui vous fait croire à votre beauté. Vous contemplez ce bras magnifique d'humanité tendu vers la pleureuse. Le bras imperméable souhaite les yeux secs. Si je devenais étanche, je pourrais dire la vérité. J'apparaîtrais sereine et limpide comme une enfant de chœur à la robe si blanche qu'on ne se permettrait jamais de la tacher. Vous ne supportez pas mon vrai qui ne possède aucun devoir de chronologie. Il n'est pas question de récit linéaire mais de chair en mouvement, de pieds entravés par les pioches entre mes jambes. Vos heures de papier me répugnent. La braguette ne se baisse pas aussi vite que vous le souhaiteriez. Je suis lente à tracer ma langue.

– Alors ? Tu as bien dû regarder ta montre ou ton portable, insistez-vous.

– Je n'ai pas pensé à l'heure, haussé-je le ton.

Ou bien je l'ai oubliée.

L'heure n'existait pas. Je n'ai pas compté la douleur en minutes. J'ai identifié les frémissements, les côtes et les frictions. L'atlas de la douleur, ça je sais dire. Concernant la seconde où les caresses se sont contractées, l'heure exacte à laquelle les pincements ont coupé ma racine… je l'ignore. Je cherche dans ma mémoire les courts-métrages de mon viol. Je trouve des photos, des enregistrements sonores. Pourtant ni aiguilles ni horloge ne viennent à mon secours.

Le temps est d'une inutilité telle qu'il n'existe plus. Il ne passe pas, plutôt, il passe au travers. Seul le temps du viol demeure et se rejoue au quotidien. Ces minutes-ci deviennent le temps. Cette durée ne connaît pas de modification. Rien ne prend sa place. Le réveil du viol, son petit déjeuner, ses vêtements à enfiler, le laver, l'emmener au lycée ; aucune habitude, aucune surprise ne remplace le temps du viol. J'aide ma mère à faire les courses, je ramasse un papier par terre, on me bouscule, je regarde la télévision, j'écris des devoirs, je discute, je ris, et malgré ces semaines de gestes et de pensées tournés vers le monde, le temps demeure en avril, dans le parc. Le viol se fixe au moindre instant. Il n'oublie pas de vous rappeler à son chaos. Qu'il s'agisse d'un documentaire et voici la forêt, l'humus et le crime. On achète des chips pour l'apéritif, et l'abribus devant la piscine apparaît. Les chips s'émiettent et le garçon me force à les manger.

L'omniprésence du viol, il faut la dire. Le crime, toujours en chasse.

Le temps se fait cauchemar nuit et jour. Le sommeil plat ne l'emporte jamais. Que je ferme les yeux ou les ouvre, la même sueur, et sa viande avariée le long de mes parois. Je m'étrangle de ne pouvoir retirer cette masse imaginée, et ô combien réelle dans ma tête jusque dans mes nerfs, sous mes paupières qui ne parviennent plus à se barricader contre lui. Mon épuisement éclate en sanglots dans les toilettes du lycée, seul endroit où l'on ne risque pas de s'attirer les « ça va ? » ou les « que se passe-t-il ? ». Après trois mois, je pensais qu'il serait temps d'un rebond. Erreur. Mon corps se rappelle à mon deuil. Je songe à surveiller mon pantalon, ma culotte, derrière moi, devant, dessus, à l'intérieur. Songer à surveiller le crime du coin de l'œil. Sur mes gardes ridicules. Quelles gardes ? Je ne traverse plus les parcs, évite les arbres, les animaux et les paysages contaminés par sa chair à lui. Devenir une source infinie de frayeurs. Se faire épouvantail et bouclier à l'évocation d'une cerise ou d'un champignon. Terreur sur terreur. Contourner les cercles et les habitudes du garçon. Il me faut absolument éviter ce qui peut être touché sous peine d'être violée de nouveau. Mes viscères grondent à l'approche d'un groupe de garçons. Mon estomac grogne en constante douleur. Cependant, je ne crie pas d'être à ce point envahie car je n'ai pas crié sur les pétales.

J'ai essayé, mollement, une fois. Puis sa main s'est posée sur ma bouche. Elle a vidé ma voix. J'ai suffoqué, la fièvre aux yeux. Enfin, j'ai cessé. De vivre.

– Pourquoi avoir attendu trois mois? regrettez-vous, la bouche triste.

Les bruits de l'imprimante dissimulent ma réponse, alors je répète, à l'attaque:

– Je n'ai pas attendu.

Je n'ai pas attendu le commissariat pour reconnaître le viol, et le formuler. Mais je me garde bien de vous expliquer. Vous n'entendrez pas.

Si vous posiez les seules questions qui comptent, je pourrais vous dire l'important, Monsieur l'officier. En attendant, pourquoi continuer de dire à un sourd?

Silence.

Embarras de l'œil.

Dorénavant, je chuchote. Sans vous. Je murmure en mon nom, à l'écart de la plainte. Je susurre:

– Une connaissance inutile.

Vous dessinez un geste de la main, un retournement du poignet qui, je crois, signifie: *Explique-moi.*

– Nous n'allons pas au même endroit, soufflé-je.

– Pardon? rétorquez-vous. On ne va nulle part.

Tu sais, si je te demande d'être précise, c'est parce qu'il y aura des gens plus méfiants. Leurs questions seront bien plus difficiles que les miennes.

J'aurai beau mourir, on restera à l'extérieur du crime, pas vrai ? Personne ne mettra son corps à la place du mien. Pourquoi ? Pourquoi ne pas traverser la frontière ? Moi, j'aimerais apercevoir le viol du côté de votre légèreté. Me pencher dessus. À peine. Je détournerais le regard et je m'en irais si loin que je ne songerais plus à ce désastre par terre. Et vous ? Pourquoi ne pouvez-vous pas vous allonger en dessous de l'autre ? Sentir sa peau qui découpe la vôtre ? Combien de pierres dois-je placer sur votre poitrine afin d'être au plus près de la vérité ? Essayez de vous relever sous ces blocs. C'est ainsi que ça va se passer. Je vous chuchoterai des mots doux qui s'immisceront sous votre pull, à l'endroit des autres, ceux prononcés par vos proches. Ils les remplaceront, croyez-moi. Un à un, ils les arracheront au creux de la tendresse. Vous sentez le familier vous quitter. L'atroce mouvement du va-et-vient chasse la jeune fille, ses souvenirs, ses amis. Ce dernier souffle. Clac. Terminé. Amputé de votre identité, que faites-vous ici, sans rien d'autre que votre pauvre petite histoire de dépeçage à raconter ? À qui allez-vous confier ce cauchemar ? Et qui vous croira ?

Si je poursuis, c'est pour moi. Pour moi et pour Andrea, pour les autres aussi, pour celles et ceux qui sont sortis de votre bureau et ne sont pas revenus, je continue de me parler ici.

– Tu parles toute seule ?

– Oui, depuis le début, osé-je, le menton haut.

Combien de jeunes filles ont cogné leurs dialectes contre vos murs ? Le savez-vous seulement ? Peu importe. Ces cris avortés par vos yeux clos ne sont pas les miens. Mon viol n'est pas celui des autres. Vous n'avez pas le droit de me ranger sur un meuble, dans un dossier. Les cris étouffés, Monsieur, ne s'ordonnent jamais ! Ils gonflent en chaos et avalent et piétinent ! Je refuse d'être cette chose immobile qui doit dire gentiment. Alors je parle :

– Je dis comme je peux, continué-je.

– Qu'est-ce que... ? soufflez-vous.

– Je dis à mon être le plus cher en moi-même, coupé-je.

Celui que j'ai perdu. Plutôt, celui qui m'a été retiré. Mon moi d'avant. Je lui murmure de regarder ailleurs en attendant que le tombeau se referme. Je cache son visage avec mes mains que je voudrais douces, d'une douceur qui n'a pas encore été inventée. Je tiens mon être loin de vos yeux luisants comme ceux des animaux morts, sur le bord des routes. Deux obstacles gris dépourvus de vie.

– De vie? demandez-vous. De vie de quoi? Qu'est-ce que tu marmonnes comme ça? Ça concerne ton affaire?

«Une affaire», dites-vous. Je ne suis pas une affaire.

Je continue mes incantations:

Je ne suis pas un kit, un récipient pour un liquide qui n'a pas été moissonné. Je ne suis pas ce qui est entré en moi. Je suis une jeune fille de dix-sept ans qui raconte ce qui est arrivé à sa vie tout entière, coincée là-bas, il y a trois mois. En vérité, le jour n'est qu'un pont entre deux caveaux. Inutile de vous répéter mes mots chuchotés car entre nous, depuis ce matin... une connaissance inutile.

En juin, j'étais à la bibliothèque avec ma classe. J'étais presque parvenue à échapper à cette heure de lecture obligatoire. J'aurais préféré un renvoi plutôt que de revenir en ce lieu où l'autre était à mes lèvres autrefois, où son souffle tapissait mon cou. Malheureusement, mon professeur de français a croisé ma route, et j'ai dû le suivre parmi les étagères de livres murmurant le prénom du criminel. Je me suis traînée sur une chaise, seule, et il me semble avoir cherché des yeux un livre qui pourrait me sauver. J'étais à l'affût de la beauté, de ces fils à coudre sur ma laideur afin de redevenir la jolie petite fille des parents. Andrea appelait certains romans ses « amis ». Je jalousais cette amitié de papier qui me laissait un arrière-goût d'exil, l'impression de ne pas avoir trouvé mon territoire. Je rêvais à ce roman qui me prendrait la main, les jours gris. Ainsi assise à la bibliothèque, les jambes croisées sur la douleur, j'espérais un livre discret, propre, minuscule, dépourvu de toute trace de viol. Quelqu'un a dû entendre ma petite prière puisque mes yeux se sont plantés dans la blancheur d'un livre tassé et d'une élégante simplicité. Le rectangle blanc m'a fait lâcher un soupir de soulagement. Il était posé sur une de ces longues tables de groupe, autour de laquelle riaient des collégiens. « *Une connaissance inutile* », un titre idiot, ai-je pensé en poursuivant mon chemin entre les rangées, terriblement déçue, au point d'en verser une larme de rage. Mais après trente minutes d'errance, je suis revenue vers lui, vers le rouge du titre, le rouge de mon sang dans la baignoire, le dimanche d'avril. L'objet sommeillait au milieu des encyclopédies déplacées, des cahiers à spirales, et des doigts empressés sur les stylos quatre couleurs. Je l'ai parcouru à une allure étonnante, debout, au milieu des chuchotements de papier et des ricanements. J'y ai trouvé ces vers :

«Je suis revenue d'entre les morts
et j'ai cru
que cela me donnait le droit
de parler aux autres
et quand je me suis retrouvée en face d'eux
je n'ai rien eu à leur dire
parce que
j'avais appris
là-bas
qu'on ne peut pas parler aux autres.»

J'étais cela avec précision. Très exactement nue en ces mots. Mon sentiment de ne plus être. Dix phrases. J'ai eu le vertige de découvrir ma vérité déjà écrite sur le papier. C'est à cet instant que j'ai compris.

Ce poème n'est pas le mien. Il est de ma famille. Car je suis revenue d'entre les morts. Je le sais dorénavant. Je comprends cette femme, cette amie d'alphabet revenue des camps de concentration, à la fin de la Seconde Guerre mondiale. Je me reconnais en ce pays qui me sépare des autres. Mon viol est un territoire où je me trouve encore prisonnière. Je suis une affamée, un témoin de guerre, morte à la fois d'avoir été déplacée là-bas et d'être revenue dans un monde qui m'est étranger.

Son corps à lui a recouvert le mien d'un linceul. Je comprends. Au cœur de ce grand pays où la guerre est éteinte, je reste en combat. Un peuple en guerre. Contre moi-même. Je suis mes camarades tombés sous les balles, les fusils trempés de sang, les ruines de mes bâtiments, les hurlements sourds sous la main rugueuse de l'autre qui pose des bombes et tire à bout de chair.

Je ne suis rien d'autre qu'une guerre depuis le viol.

Je peux me comparer à l'horreur de l'humanité. Je peux bien chuchoter cela, Monsieur, vous n'entendez pas.

– Écoute, ça suffit ! Si tu as quelque chose à ajouter, parle plus fort ! vous emportez-vous.

Je hoche la tête effrontément pendant que vous froncez les sourcils, doutant de ma santé mentale. De toute façon, vous doutiez avant que je m'assoie, avant que j'ouvre la bouche.

Aussi je continue de murmurer.

Ce que j'ai appris sur ma peau, j'aimerais le désapprendre. Je ne veux plus savoir. Je ne *peux* plus savoir. J'aimerais que l'on hisse les drapeaux blancs comme le font les enfants, pour signifier la fin du jeu. Que le monde entier fasse une minute de silence pour moi et les autres. Pour celles et ceux qui sont morts sous des arbres, sous des lampadaires. Pour celles et ceux qui suffoquent sous des plafonds sans lumière, des ciels d'été et des nuits d'épines. Des minutes de silence pour nous qui parlons aux sourds.

Je voudrais que l'on me soulève, moi, la *survivante,* que l'on m'enveloppe dans une couverture d'humanité. Habillons-moi de vêtements chauds et sûrs. Que l'on me fasse belle et propre, je vous en supplie. Car je ne vois que la boue et le sang sur mon pays dévasté. Ce temps des tranchées, des barbelés entre les jambes, des pas englués de crasse, je le veux hors de moi !

Brusquement, vous me faites taire, l'index au pansement sur votre bouche. Vous me glissez un paquet de feuilles sous les yeux. Vous inspectez l'horloge à ma droite. Onze heures quarante-cinq. Sans doute l'heure du déjeuner. Votre faim suggère donc la fin de ma parole. Le papier est encore tiède du mécanisme de l'imprimante. Son corps à lui était à la même température, celle du bain des nourrissons. Je le sais, j'ai gardé les enfants de la voisine.

Vous me demandez de relire « ma déposition ».

– Relis avec attention, répétez-vous à la manière d'un maître à son esclave. Si tu repères des erreurs, n'hésite pas.

Et vous posez le stylo entre vous et les phrases noires. Relire mon témoignage et le corriger comme un devoir de français. J'arrête de justesse un rire acide.

– Tu trouves ça drôle ? demandez-vous, choqué par mon sourire.

– Non, soufflé-je.

Je secoue la tête de gauche à droite dans le but de maintenir mon « non ». Même les rires sont interdits. Puisque je n'ai pas le droit de songer autrement, n'est-ce pas ? Je n'ai pas le droit de déchirer la plainte, de jeter votre ordinateur contre le mur craquelé. Je n'ai pas le droit de vous montrer le viol, de déboutonner mon jean, de l'abaisser et de vous exposer la consécration de son corps gras sur moi. Car mon viol n'est pas le parc au cerisier où les promenades semblent infinies. Le viol, Monsieur, est mon corps, ma tête, ma constitution de viol ! Mon viol à l'infini ! Infini de ma douleur. Insoutenable d'infini ! Alors non, je ne pense pas comme il faut. J'esquisse des sourires en des temps qui devraient me voir pleurer et rugir, ou sauter de très haut.

Je ne sais plus comment faire pour ressembler aux autres.

– Allez, un petit effort, on ne va pas rester toute la journée dans mon bureau, pressez-vous.

Je me penche un peu au-dessus du papier. Je prends cet os que vous me donnez à ronger. Je commence à lire et je ne reconnais pas ma voix. Plus je parcours, moins je saisis. C'est votre incompréhension qui décrit une histoire sous un angle déplacé ; une adaptation en langue étrangère. Qui est cette fille ? Une actrice ? Où sont les pétales de fleurs ? Et de nouveau, je me dégoûte. Parce qu'il me faut vous prouver que je peux lire ce que je sais en moi. Je suis une bonne élève, j'ai pris le bon chemin, j'ai gardé mon chemisier fermé, et mes mains sur mes genoux.

Je comprends.

Vous n'avez pas écouté.

Mes mots ne suffisent pas.

Je cesse de lire.

À la place, je me raconte à voix basse :

– J'ai été sage, Monsieur, j'ai aimé sagement, et voilà ce qui m'est arrivé. Alors vos feuilles, je les refuse.

– Mais enfin, qu'est-ce que tu chuchotes comme une folle ? demandez-vous, le visage plus près du mien.

Il ne s'agit pas réellement d'une question, plutôt d'une adresse à vous-même. Vous semblez chercher quelque chose sur mes traits ennuyeux de régularité. J'ai le visage de mon grand-père maternel, le même écho fatigué. À mon tour, je m'approche de vous. Je note la symétrie remarquable avec laquelle vos yeux s'ouvrent d'horreur. Je revois mon père près de mon lit. Que cachait-il dans sa poche ? D'un coup sec, vous vous écartez. Votre chaise à roulettes cogne la table derrière vous. C'est le signal. Il vous faut être debout, à distance. Vous avez sans doute aperçu mon gouffre ou mon cadavre. Si l'on se concentre, on peut voir la pellicule de mort sous ma peau. J'ignore comment l'exfolier. La javel ne fait qu'amplifier la décomposition. Je vais finir par ressembler au cancrelat de Kafka, vous verrez. Je viendrai vous rendre visite après la métamorphose. Ce sera peut-être une preuve. Vous l'avez vu, n'est-ce pas, cette espèce d'organe gangrené ? Cette épaisseur gorgée d'humus noir vous effraie. Elle prononce des mots étranges. Elle se remémore chaque instant, sans relâche. Je l'entends plus fort la nuit. Elle se nourrit d'insomnie, la garce ! Je vois vos poils s'élever contre moi. Vous ne vous posez aucune question. Imaginez, si vous êtes horrifié à l'idée de toiser la bête à l'intérieur, comment puis-je vivre dedans, avec, autour ? Comment moi, jeune fille de dix-sept ans, puis-je habiter le vide ? Si je disais « j'étais là-bas, j'ai vu, j'ai entendu, et je suis là-bas maintenant, devant vous, et je vais exposer la décomposition à chaque millimètre de votre œil et de votre goût », vous détourneriez les yeux, au risque de me regarder comme une plaie pleine de pus. Furoncle de jeune fille que je suis devenue.

Après des heures de détails, de points d'interrogation, de soupirs et de grondements, l'envie vous prend de faire une pause, de boire un café, de fumer une cigarette, de vous tenir enfin à distance.

– Je reviens, annoncez-vous. Lis en attendant.

Vous vous levez, disparaissez. Je vous entends souffler dans le couloir. Vous murmurez quelque chose à une collègue. Elle rit. Des gloussements sous la porte que vous avez claquée derrière vous à l'instant. Quelle histoire drôle avez-vous racontée ? Celle de l'écureuil et du policier ? Mon frère me l'a dite un matin, sur le chemin de l'école. Il raconte très mal, mon frère. Il bégaye, il revient en arrière, mais son rire est un refuge. Il en faut des refuges pour échapper une seconde au corps du coupable, même après.

Avez-vous ri de mon histoire ? Comment est-il possible de rire après avoir entendu les fleurs d'un cerisier se poser sur un cadavre ?

Il vous fallait prendre l'air, et vous éloigner de moi. J'ai pensé à cela, toute seule, face au vide de votre place. Votre vide face au mien. À prendre l'air. Néanmoins je suis incapable de saisir l'autour. Je ne respire plus de la même manière. Des petites bouffées aspirées qui me donnent le visage anxieux et asthmatique. Mes poumons ont dû changer de forme, ou peut-être ma trachée. La structure de mes organes a été modifiée. On ne dit pas que le viol est une mutation. On devrait.

Je contemple mes mains tremblantes d'avoir dit trop longtemps, et mes ongles rongés de me dire tous les jours. Je jette un œil au stylo et aux feuilles, à toute cette inconsistance. Pas longtemps. Au risque de me trouver de nouveau au parc, il y a trois mois.

Stop.

Je vous attends en réfléchissant à ce que je voudrais exprimer.

Quand je parle de nouveau, non pas à vous mais à moi, je dis l'écorce de ce lieu béant où ma voix a perdu son sens. Je ne fais pas semblant. Je parle sans bousculade, dans la profondeur des souterrains. Je parle en ma langue assombrie. Je n'ai pas besoin de vos oscillations de la tête. Je me comprends. C'est à moi que je m'adresse à voix haute. Alors je me lève, fais quelques pas et m'assieds à votre place, de l'autre côté du bureau. Je m'empare d'un bouquet de feuilles blanches.

En même temps que j'écris, je parle:

Certaines racontent que l'esprit se trouvait ailleurs. Il se sépare du corps. Pas le mien. Contrairement à d'autres, je ne suis pas allée me réfugier quelque part, dans ces nuages de velours rose, au-dessus de moi. Les pétales, je les tenais entre mes mains, et je suis restée à l'intérieur. J'ai observé les hanches s'orienter avec cruauté. Je l'ai entendu me rogner en prononçant des mots grattoirs. Au cœur de la chair. Le métal de sa peau. Jusqu'à ce qu'il retire le dernier morceau, celui qui envisageait encore l'avenir. L'esprit est présent face aux grognements. C'est sans doute cela qui ne se partage pas.

Avoir compris et être restée.

J'aurais tant aimé que l'on vienne me donner un coup sur le crâne. Je serais morte avant d'avoir entendu le bruit de la braguette. Malheureusement, l'ensemble de mon être a été attaqué sous le cerisier. Il serait plus aisé de croire que la tragédie n'atteint pas la tête. Ou bien, après, lorsque l'épine se retire. Peut-être que d'autres se sont éloignés de la folie de cette manière, en divisant le corps de leurs pensées. J'accepte leur refuge qui n'a pas été le mien.

Je me dis le vautour au creux des jambes. Une corde nouée là où je ne veux pas raconter. Et les mains de l'autre qui tirent constamment, loin, dehors. L'atrocité née de l'intrusion. La douleur si vorace qu'elle n'en finit pas. La chair, la sienne devenue mienne. L'herbe mouillée de rosée, aplatie par le coccyx s'effritant sur une pierre. Son jean neuf, rêche, et l'élastique de la culotte étiré par mes genoux écartés. Deux semaines après, le garrot était toujours là, juste sous les os comme deux petits feux de bois éternels, des hachures d'un pourpre profond. Me décrire mes lèvres qui n'ont jamais connu le mal, à peine une gerçure et un bouton de fièvre, quand tout à coup : une longueur. Les baisers qui n'en sont pas. Que signifie cette bouche pressée d'ouvrir l'autre à présent ? L'étrangeté de ce geste-ci, de cet assaut de la peau. Les phrases me tombent sur la tête. *C'est donc cela que font les adultes au fond du lit, quand les enfants dorment. Ils ferment les yeux et respirent fort. Ils disent des mots onctueux avec une voix de gifle. Ils caressent les épaules puis serrent le cou. Ils étranglent en saisissant les viscères. Ils frictionnent et lèchent le poison.*

Enfin, la pluie.

Il a plu longtemps.

Que doit-on faire de toute cette pluie métallique quand on n'en veut pas ? Que faire quand la vie ne se relèvera pas de cet endroit à la poésie fleurie, sur cette terre saupoudrée de pétales ?

Il pleut encore. J'entends sa gorge pousser ce bruit de désir faisant naître mon cercueil. Sa main sèche contre ma bouche, mes dents soudain friables, et l'air qui vient à manquer. Les insultes d'épiderme. Les menaces. « Chut », murmure-t-il alors que je n'ai rien dit. Pas une lettre de l'alphabet dessinée sur mes lèvres devenues adultes avant le reste de mon être, avant le vœu, les bougies, les paquets cadeaux déchirés par des doigts couverts de crème au beurre. Non. J'ai aspiré les sons. Mais cette aspiration, il me l'a prise. Je souhaitais souffler sur la brûlure interne. Me rassembler un peu pour endurer la suite. Je croyais que l'on pouvait se cacher le temps de. Je me mords la queue, je le sais. Comment se peut-il que je sois devenue vieille, ici, alors que je rêve de sucreries et de médailles là-bas, dans l'esprit des autres ?

Le faiseur d'adulte cherche à travers l'enfance et l'adolescence. En ce moment, alors même que je suis assise sur votre chaise pelée de son faux cuir, je reviens au corps de l'autre. Il trouve mon pays. Il connaît ma géographie. Il la traverse avec une confiance virile, et envahit à perte de vue. Il anéantit tout ce que je lui ai raconté. Et lorsqu'il devine un recoin de printemps oublié, il appuie de tout son poids qui transperce.

La douleur aussi. Longtemps.

Je ne savais pas que le corps d'un autre avait le pouvoir de faire vieillir. Le faiseur d'adulte, la mort aux joues rondes chuchote, se glisse à l'intérieur des phrases d'Andrea et de mon frère. Bombe après bombe, j'oublie ce que je sais et qui je suis. Les feuilles bruissent et les pétales me recouvrent. Lui ne reste que lui. Jamais nous. Je songe au jardin des voisins, l'œil accroché à un nuage bas, « plus bas » ai-je envie de supplier, si bas que le ciel tomberait sur les deux corps tressés. Le train au loin. J'entends son sifflement au-dehors et sens la brûlure en dedans. Alors le ciel se couvre de sa couleur à lui, son visage de vitrail luisant d'une force aux yeux d'or. Tous les visages ronds garderont sa trace. Les branches forment un portrait rougi et contracté par l'effort. Enfin le corps se répand et la braguette remonte. Le poids quitte le sol et s'éloigne avec lenteur. Le criminel profite du paysage, s'arrête devant un buisson, se tient un instant puis repart. Il ne se retourne pas. Je le suis du regard jusqu'à ce qu'il quitte mon champ de vision. Pourtant il ne le quitte pas. Pas une fois. Il rôde comme la mort en temps d'épidémie. Il demeure tantôt penché en avant, extatique, violent, les mots crus sur mon cou, tantôt à la lisière de mon squelette, courbe et calme. Sur le départ. Jamais parti.

Me raconter comment je me suis relevée. Le

mouvement des cuisses qui cisaille les entrailles en étant accroupie. L'odeur de l'urine froide. Et le sang. S'en étonner au point de se demander « d'où vient ce sang ? ». A-t-il blessé un animal ? Chercher un mouchoir dans la poche de son blouson. Laisser des empreintes pourpres sur le manteau blanc, le long de la fermeture éclair. Se demander si le tissu se lave en machine. Remarquer la poche ouverte. Le paquet a disparu. Ne plus savoir. Boiter de la tête. Bredouiller des pieds. Avoir soif. Sentir les écroulements de ses boyaux. Des spasmes de l'esprit qui expire. Poser une paume tremblante sur l'entrejambe. Essuyer le sang sur l'herbe froissée. Remonter sa culotte, son pantalon et aller. Quelque part. Se déplacer. Se mouvoir tandis que la tête en souffrance, absolument incapable de penser, confuse de tout, dicte au corps de s'effondrer, de mourir instantanément. Mourir avant de saisir. Avant de saisir, à l'abri des regards, dans la baignoire muette. Mourir avant de tapoter l'eau froide, toujours trop chaude, sur les meurtrissures ouvertes. Mourir avant les pépites devant les yeux et la nausée. Mourir avant de songer à l'hôpital, à la police, à toute cette honte qui n'attend que moi. Moi, à l'avenir. Pas lui. Mourir avant de dire ce qui ne peut être avoué sans vomir, sans griffer, sans étouffer ce qui est bon et duveteux.

Vous n'êtes toujours pas de retour, Monsieur.

Je dis donc comme il me reste. Je ne pense ni à vous ni à mes parents ni à un autre qui jugerait mes mots. Je prononce comme on chante une berceuse à un enfant endormi, au cœur d'une solitude si douce qu'elle ne peut s'interrompre.

Je suis allongée sous le cerisier, la joue contre une énorme racine. J'ai gratté le bois à m'en détruire les mains. J'ai retiré des copeaux et je les ai tenus dans mes paumes. Je voulais voir l'arbre s'écrouler sur lui et moi. Jamais nous. Lui et moi. Cependant le végétal ne m'a offert qu'une élégante averse de fleurs ; une odeur en souvenir ; un vent pris entre les tiges de roses et de fougères ; la nature pour toujours reliée au coupable.

Je sens les pétales sous mes mains moites. Les délicates petites oreilles roses se collent à ma terreur. Les racines se pressent contre ma colonne vertébrale. On dirait qu'elles essaient de me rapprocher de la mort. Je lutte contre leurs poings d'écorce qui frappent les côtes. C'est cela qui est le plus sinistre en cet instant : le paysage ennemi. Il bruine d'un ciel à peine gris, un ciel d'avril frémissant, et je lutte contre le cerisier. Idiote qui croit encore s'en sortir. La mousse me gratte le nez et j'éternue. À la même seconde, le froid me saisit.

Plus bas. Je tente d'entrer à l'intérieur de l'arbre, d'empoigner sa force d'inertie. Mon bassin se fait branche et feuillage. À partir d'ici, je ne sais plus comment parler sans crever.

La nature n'a rien fait. Le monde n'a rien modifié de sa beauté au-dehors. Et cette immobilité m'a tuée une nouvelle fois. Des murailles de bosquets et de peupliers auraient pu se dresser contre lui.

Lorsque, au bout de mon regard, un oiseau sautillant.

Un oiseau aux plumes rousses se pose juste à côté de ma main à l'abandon. Je garde la sensation de la brise du mouvement de son aile frôler le bord de mes doigts déjà raides d'horreur. Le passereau me fixe, et dans ma tête, j'appelle à l'aide. Oui, je l'ai fait. J'ai dit « au secours » en moi. Ça ne compte pas ailleurs. Pourtant là-bas, je prie pour que des milliers d'oiseaux se jettent sur le corps au-dessus du mien. Je pense bêtement que l'oiseau me comprend. Je n'ai pas retenu la leçon du renard et du chat tigré. Parce qu'en mémoire me viennent des souvenirs de laine et de bêlements, de grésillements au crépuscule, à la lisière du ruisseau, devant la ferme de mes grands-parents. Bientôt, le viol me dépouillera de ma mémoire.

Alors l'oiseau fait la chose la plus étrange. Il plonge sa tête coiffée de rouge au sol. Il ramène quelques jeunes feuilles vers lui, se recouvre le bec jusqu'à hauteur des yeux, et il ne bouge plus. D'un coup, le bassin de l'autre pèse si lourd qu'il laisse place à l'absolu. Et l'absolu ne dit rien du crime. Chutes et ténèbres. À mesure que le corps précipite, le passereau s'enterre. Je cesse de regarder les plumes foudroyées de taches écarlates. Je tourne la tête, et je contourne le va-et-vient qui ne sourit plus. Fermer les yeux et habiter mes autres sens. Puis rien et tout. S'alourdir. Vieillir. Me renverser. Quitter. Être malade. Frissonner. Perdre. Vertige de viol. Tournoyer à ma place. Quand le monde revient, bancal mais à l'endroit de l'avant, dans le parc, l'oiseau se découvre et sautille plus loin. Je crois que ce verbe « sautiller » me fait plus mal que le baiser du violeur sur mon menton. Je songe souvent à ce mouvement joyeux à côté de mon être à l'agonie.

Un sautillement près de la dépouille.

C'est pour cette raison que j'ai écrit le viol à ma famille. Pour leur expliquer ma fin. Puisque je comptais mourir ensuite. Poser le viol quelque part, enfin renoncer à faire semblant. Redevenir la terre, et qui sait, renaître autre, espèce nouvelle en haut de la chaîne, en des contrées sûres, hors de toute barbarie.

En mai, j'ai choisi un immeuble. Je l'ai observé de

face tous les jeudis soir au lieu d'aller à la piscine. Il ne ressemblait pas à celui d'Andrea avec sa multitude de balconnets ornés de paraboles, et ses fenêtres si étroites qu'on ne pouvait pas s'y jeter, à moins d'être un enfant. C'était arrivé il y a plusieurs années, au dixième étage. Andrea m'avait raconté que le canari du petit garçon était mort de froid, oublié à l'intérieur de sa cage, sur le rebord enneigé. Le petit n'avait pas supporté la vue du givre comme une muselière autour du bec de l'oiseau. Je ne souhaitais pas cette histoire sur mon sol. Ni Andrea ni canari à l'endroit où je terminerais. L'immeuble de mon abandon s'imposait par ses larges terrasses, exposant des plantes aux couleurs d'une vitalité spectaculaire : des mauves tigrés de fuchsias sur des zébrures turquoise. Autant d'exploration tropicale que de gloire sociale. Les étages les plus hauts se couronnaient d'un halo doré au coucher du soleil. En me lançant de l'autre côté, je dédaignerais le ciel. Tourner le dos au soleil, c'était quelque chose. Cela me remplissait d'une joie semblable à celle des cônes à la vanille que je mordais pour « geler ma cervelle », les soirs de canicule. La solution était aussi simple que de se faire statue.

Renoncer.

J'imaginais mon corps traverser les appartements

extravagants, bousiller à tout jamais l'heure de la limonade ou du thé au gingembre ; ruiner le journal télévisé de vingt heures ; écraser les pousses de palmier et les oliviers en pot.

Ce fameux jour où je suis restée prostrée quarante-cinq minutes sur le trottoir en face, mes muscles se sont assoupis. Ils avaient perçu la fin et ils se préparaient au vrai sommeil. Alors j'ai pu m'envisager de là-haut.

Mon corps s'était fragmenté sous l'arbre et depuis, je ne parvenais plus à édifier, à recomposer des organes avec mes débris. Je récoltais des épluchures sur la bouche d'Andrea et de ma mère. Cette dernière ne cessait de me répéter qui j'étais, avant, à savoir cette fillette aux sandales jaunes, le pas frétillant de pas chassés et d'entrechats. Je ne pouvais pas lui en vouloir de préférer mon enfance au viol. « Tu te souviens quand le bout de tes tresses défaites trempait dans le lait cacaoté ? » « Et tes joues toutes framboise après les parties de cache-cache, au fond du jardin de *mamie* ? » demandait-elle, heureuse et soulagée. Je me fichais de tout ça. J'écoutais sans me voir. J'ignore si je refusais de me reconnaître ou si je n'en étais plus capable. Néanmoins je n'ai pas cherché à éviter les versions de mon autrefois. J'écoutais avec le désir profond de me retrouver. En vain. Plus j'imaginais ma chute, plus je comprenais qu'il ne s'agissait pas de la mienne. C'était le corps du criminel qui sautait de l'immeuble. C'était son cadavre sublime sous mes baskets. Enfin je pouvais quitter ma place entre deux voitures, réveiller mes nerfs et empoigner la certitude que je dévasterais. Il n'existait aucune alternative à la destruction.

Je saccagerais coûte que coûte.

C'était la première fois que je ressentais l'envie de créer quelque chose. Il me fallait créer ce nouveau souvenir, même terrible. Je n'ai pas le goût de l'alcool, des fêtes et de la drogue, tous ces assommoirs qui collent au viol. Les silhouettes à talons aiguilles, jupes courtes, cherchant le danger et titubant à des soirées n'appartiennent pas à ma famille. La mienne – mes survivantes – ne danse pas sur leurs tombes. Non. La chose la plus solide à faire était de tuer. Seulement, j'avais beau convoquer l'imaginaire du meurtrier, l'idée du corps de l'autre près du mien provoquait la torsion de mes muscles. Penser à lui m'empêchait de marcher. Heureusement, j'ai très vite repéré une autre cruauté, une sorte de meurtre inoffensif. J'ai trouvé une posture confortable; la seule façon de ne pas tuer le coupable était de tuer l'arbre. De cela, j'étais capable.

Ce qu'il me fallait au cœur tenait dans mes mains. C'est moi qui ai tranché la tête du cerisier.

Il était aisé d'échapper aux gardes du parc, à la nuit tombée. En revanche, porter la hache et l'utiliser demandait une dextérité complexe, un corps plus lourd. C'était cette illusion de masse que je devais créer. Donner l'impression à l'arbre, bientôt abattu, que j'étais capable de l'assassiner d'un seul coup de hache, sans difficulté. J'ignorais tout de la manière dont on devait tenir l'arme mais j'ai cherché. J'ai appris. Puis j'ai haché. Et vif. Je n'ai pas eu besoin d'invoquer les physiques de mes oncles aux statures triomphantes. Je suis devenue plus imprévisible que l'orage lorsque mes phalanges ont croisé l'ardeur du tronc. La source de cette sève-ci, celle qui n'avait pas daigné me protéger et qui avait couvert le viol de fleurs roses, je devais l'assécher. La rage, ô cette rage de toutes celles qui auraient dû, de toute cette immobilité funeste, de cette somme de langue de peau de gras, la rage des survivantes a enfilé mes bras. Je n'ai pas cherché à l'apprivoiser. Sa sauvagerie a illuminé mon être. Je n'étais plus seule sous le cerisier. Nous étions des millions. Personne n'aurait pu arrêter une violence nourrie d'un désespoir de cette entièreté. C'était la fureur de la mort qui hachait. Je la regardais et j'entendais ses hurlements nés du plus bas de l'humanité. C'était moi qui tranchais. J'avais si mal aux mains que je n'ai pas pu saisir mes clés au retour. Mon frère, qui m'a ouvert quand j'ai sonné, a levé les sourcils et j'ai haussé les épaules. Mais avant de reprendre la route, juste après avoir vu et entendu l'arbre sombrer – ma plus grande monstruosité –, j'ai mangé. J'ai décidé de manger sur l'anéantissement. Manger à cet endroit ne peut être discuté. Je ne sais pas. Même seule, même en moi, je ne trouve aucun sens à ce sandwich dévoré sur le tronc fraîchement coupé.

La nausée m'attaque.

J'avais oublié que l'autre transpirait beaucoup. Une goutte de lui est tombée sur ma tempe. Elle a glissé jusqu'à mon œil, et elle est entrée à l'intérieur. J'ignore comment expliquer mon corps ensuite. Il ne s'agissait plus d'anatomie, plutôt d'abattoir.

Après, j'ai remis ma culotte. Personne ne peut s'imaginer ce geste, là-bas. C'est à ce moment que j'ai vu des horreurs ; contempler mes morceaux. J'ai examiné ma culotte comme deux grands yeux blancs autour de mes chevilles. La trace de l'élastique sur mes genoux. Des griffures entre mes jambes. Autant de photographies de ce qui semble éternel et irréel. Quand on plaque le coton sur la chair pourrie, il faut être quelque chose d'autre le temps de. Inanimée. Du plastique. Se glisser hors de la chair est impossible, alors il faut oublier la présence du corps. Et savoir ses lèvres à lui loin de mes commissures ne suffit pas. Il faut abandonner l'idée de ses poils et défaire l'architecture des douleurs multiples. Voilà ce que j'en dis maintenant avec les mots qui ne suffisent pas.

Dans mon désordre.

J'ai baissé mon pull et je me suis levée sur les jambes de la jeune fille morte. L'oiseau aux plumes rousses s'est envolé. J'ai pris le chemin d'une maison parce qu'au cœur, il me restait une adresse. J'ai marché longtemps, sans doute me suis-je perdue près des ravins car ma culotte me brûlait le corps. Le coton savourait le contact avec mon squelette, et je ne comprenais pas. Je l'ai retirée d'un geste acerbe, et je l'ai tenue entre mes doigts après avoir remis mon jean. Quand je me suis aperçue que le sang était sur mes doigts, j'ai jeté le tissu au sol. J'ai noué mon pull autour de ma taille et j'ai eu froid. Je n'ai pas saisi autre chose que ce froid. Je ne pensais pas aux preuves. Qui pense à la justice lorsqu'il jette le sous-vêtement de son cadavre ? Qui peut garder un coton aussi doux dans la poche de son pantalon, là où les bleus apparaîtront plus tard, pareils à des traces d'encre de lui ?

Et la douleur. Une détonation à chaque pas. Je

me suis arrêtée trois fois pour vomir. Et le pollen s'est collé à mon vomi. Il voletait à l'odeur. Le basculement arrive. Je me souviens de cela. Du doux bruit des blés autour de ma souffrance. Du vent splendide. À la lisière des nuages, j'ai aperçu un rayon de soleil qui m'a fait penser à la teinte mordorée de ses yeux. Ensuite, j'ai marché les paupières closes. Je refusais de voir le monde qui continuait d'exister sans moi. J'ai trébuché sur une branche ou un morceau de métal, je ne sais plus. Je suis tombée et je suis restée à terre, dans le fossé. Ça sentait les égouts. Je jure avoir attendu les fossoyeurs et le cercueil. Au final, j'ai eu tellement peur que le criminel revienne, que quelqu'un d'autre me recouvre, que je me suis précipitée hors des eaux vaseuses.

Après, ce n'est plus moi. C'est le viol qui sait.

Je crois qu'on marche sans rien entre les jambes. Léger de s'éloigner de l'horreur. On ne touche plus à ce lieu d'herbe ensanglantée. Il n'y aura plus de jardin public entre les cuisses. Il faut abandonner ce qui est meurtri. Avancer puisqu'on ne grandit pas si on est incapable de se recueillir sur la tombe en soi.

Je m'arrête brusquement.

Je m'empare de ce droit qui ne m'a pas été accordé plus tôt. Je me rassemble autour des yeux d'Andrea. Je les imagine se baisser. Sa main s'installe juste à côté de la mienne. Sans me frôler. Rester avec moi. Respecter ma barbarie. Je retrouve Pablo. La main de mon frère sur le chemin, je n'en ai pas encore parlé.

Il était présent ce matin lorsque j'ai décidé de dire. Il m'a vue prendre des vêtements dans ma commode avant l'aube. Je me suis habillée derrière la porte de la cuisine car le chien me fixait. N'importe quel œil sur mon corps me donne envie d'avancer sur un bûcher. J'ai entendu le parquet craquer lorsque j'ai eu fini d'enfiler mes baskets. Pablo était au bout du couloir, tête basse. Il prenait son manteau et ses chaussures. Il ne portait pas de chaussettes. J'apercevais les cicatrices brunes sur ses tibias. Nous n'avons pas échangé un mot. J'ai haussé les épaules avant d'ouvrir la porte. Il a murmuré: «Tu ne veux pas?» J'ai haussé les épaules de nouveau. «Andrea doit me rejoindre à mi-chemin», l'ai-je informé. Il m'a tendu la main et je l'ai inspectée comme on observe un objet interdit, le doute entre les omoplates. Enfin je l'ai attrapée pour ne pas blesser son geste. Nous avons fait la moitié de la route à pied, les paumes ainsi serrées. Nous n'avons pas discuté. Dès lors que Pablo a aperçu Andrea, il a lâché mes doigts. C'était un relais de courage, et je l'ai ressenti au cœur d'un os, un seul : la dernière phalange de mon pouce, tout à son extrémité, près de l'ongle. Pablo a pressé ce doigt avant de s'échapper totalement. Il m'a contemplée de face, d'un regard plein et franc. J'ai compris à son ombre étrangement dépourvue d'infirmité que j'étais une sœur et qu'il m'admirait, que le courage d'aller dire à un inconnu forçait son respect. J'ai senti cela. À l'intérieur de cet os minuscule, je reste la sœur de Pablo. Il est ensuite reparti le long de son mutisme, la jambe moins boiteuse légèrement en avance sur l'autre, comme renforcée par mon acte et le sien. J'ai senti les lignes de mon frère au creux des lignes de ma main quand je suis entrée dans le commissariat bétonné. C'est votre saleté de mot *tripotage* qui a effacé la jonction entre mon frère et moi.

La jonction est une chose si précieuse, Monsieur.

Mais vous n'entendrez pas.

Je pose le stylo et arrête de parler.

Je refuse d'expliquer la mort de l'avenir à quelqu'un qui envisage la vie telle une terre à traverser, un lieu non loin de chez soi où les possibles s'amoncellent. Une certitude de bienheureux. Vous ne m'avez offert aucune force, Monsieur. Vous ne méritez pas ma vérité. Nous lier ? Certainement pas. Vous n'êtes pas à la hauteur. Je refuse de me résigner à ce papier faux qui me maintiendrait au centre de votre petite histoire maladroite. Je trouverai un autre uniforme. Je me moucherai dans d'autres commissariats. Mon frère me tiendra la main sur mille chemins au bout desquels il ne boitera plus. Nous parcourrons le monde.

Inutile de rester face à votre vide. Je sors du bureau, traverse le couloir rigide et épinglé de paperasses. Vos collègues me croisent, s'arrêtent, posent des questions. Je ne réponds pas aux sourds. Soudain, j'aperçois votre sourire qui descend. Vous venez à ma rencontre.

– Attends, qu'est-ce… Tu as relu ? interrogez-vous.

Je fais silence et je ne vous offre pas même un regard d'unité. Vous répétez. Silence. Vous répétez plus haut. Vos mots derrière moi, et Andrea devant ; la beauté qui s'étend.

Je poursuis mon chemin.

Je m'en vais trouver celui qui écoute. Je dirai à travers la ville, je me ferai panneau et néon. Je refuse de demeurer en exil alors qu'il promène sa viande sur mon pays. Alors, un jour peut-être, la pluie ne sera que ce qu'elle est, phénomène et précipitations de nuages. Les garçons aux bourrelets généreux redeviendront des hasards de joie. C'est la possibilité d'être moi qui m'attend à l'extérieur de votre enclos.

Avril abolira le cerisier, je m'en fais la promesse,

Quitter les barbelés car je m'en viens survivre,
En métamorphose.
Un jour, sans un soubresaut de honte, je serai à l'aube de moi-même.
La pluie aura le goût du printemps
Les cerisiers seront en fleur ailleurs
Et je regarderai ce parc du haut de mon cœur
Qui ne s'étourdira plus.
J'écrirai le vrai de mon viol,
Et je serai vivante.

Scripto

Laissez-vous surprendre et emporter par vos émotions...

Glaise
David Almond

Le Jeu de la mort
David Almond

Le Cracheur de feu
David Almond

Imprégnation
David Almond

Douze heures avant
Gabriella Ambrosio

Feuille de verre
Kebir M. Ammi

Interface
M. T. Anderson

Becket ou l'Honneur de Dieu
Jean Anouilh

L'Alouette
Jean Anouilh

Thomas More ou l'Homme libre
Jean Anouilh

La Fille du monstre
Florence Aubry

Golden Valley
Gaël Aymon

Ne fais pas de bruit
Kate Banks

Amis de cœur
Kate Banks

Le Muet du roi Salomon
Pierre-Marie Beaude

La Maison des lointains
Pierre-Marie Beaude

Leïla, les jours
Pierre-Marie Beaude

Quand on est mort, c'est pour toute la vie
Azouz Begag

Garçon ou fille
Terence Blacker

Zappe tes parents
Terence Blacker

Fil de fer, la vie
Jean-Noël Blanc

Tête de moi
Jean-Noël Blanc

La Couleur de la rage
Jean-Noël Blanc

Chante, Luna
Paule du Bouchet

68 année zéro
Paule du Bouchet

À la vie, à la mort
Paule du Bouchet

scripto

Mon amie, Sophie Scholl
Paule du Bouchet

Je vous écrirai
Paule du Bouchet

Pâquerette
Gaston Boyer

La Théorie de l'iceberg
Gaston Boyer

24 filles en 7 jours
Alex Bradley

Scarlett Epstein rate sa vie
Anna Breslaw

Spirit Lake
Sylvie Brien

L'Algérie ou la Mort des autres
Virginie Buisson

Junk
Melvin Burgess

Lady
Melvin Burgess

Le Visage de Sara
Melvin Burgess

Kill All Enemies
Melvin Burgess

La Dose
Melvin Burgess

Le Rêve de Sam
Florence Cadier

Les Gitans partent toujours de nuit
Daniella Carmi

River
Claire Castillon

Les Rêves rouges
Jean-François Chabas

L'Arbre et le Fruit
Jean-François Chabas

Mauvaise graine
Orianne Charpentier

Rage
Orianne Charpentier

Après la vague
Orianne Charpentier

La Vie au bout des doigts
Orianne Charpentier

Confessions d'une catastrophe ambulante
Emma Chastain

Lettre à mon ravisseur
Lucy Christopher

Attraction mortelle
Lucy Christopher

Max
Sarah Cohen-Scali

Bonnes vacances
Collectif

La Première Fois
Collectif

De l'eau de-ci de-là
Collectif

Va y avoir du sport!
Collectif

La Mémoire trouée
Élisabeth Combres

Souviens-toi
Élisabeth Combres

Sans prévenir
Matthew Crow

Coup de chance et autres nouvelles
Roald Dahl

Ce voyage
Philippe Delerm

Cher inconnu
Berlie Doherty

La Parole de Fergus
Siobhan Dowd

Sans un cri
Siobhan Dowd

Où vas-tu, Sunshine?
Siobhan Dowd

French ski
Tom Ellen, Lucy Ivison

Dis-moi qu'il y a un ouragan
Fabrice Émont

On ne meurt pas, on est tué
Patrice Favaro

Que cent fleurs s'épanouissent
Jicai Feng

Le Feu de Shiva
Suzanne Fisher Staples

Afghanes
Suzanne Fisher Staples

La Fille de Shabanu
Suzanne Fisher Staples

Ce que tu m'as dit de dire
Marcello Fois

Jours de collège
Bernard Friot

Voyage à trois
Deborah Gambetta

Où est passée Lola Frizmuth?
Aurélie Gerlach

Qui veut la peau de Lola Frizmuth?
Aurélie Gerlach

La Légende de Lee-Roy Gordon
Aurélie Gerlach

scripto

scripto

Qui es-tu, Alaska ?
John Green

La Face cachée de Margo
John Green

Will et Will
John Green
et David Levithan

It
Catherine Grive

Ce que toujours veut dire
Lexa Hillyer

L'Été où je suis né
Florence Hinckel

Incantation
Alice Hoffman

La Prédiction
Alice Hoffman

Boulevard du Fleuve
Yves Hughes

Polar Bear
Yves Hughes

Septembre en mire
Yves Hughes

Vieilles neiges
Yves Hughes

Mamie mémoire
Hervé Jaouen

Une fille à la mer
Maureen Johnson

Suite Scarlett
Maureen Johnson

Au secours, Scarlett !
Maureen Johnson

La Bête
Ally Kennen

Déchaîné
Ally Kennen

Tout pour se déplaire
Jen Klein

Haïti, soleil noir
Nick Lake

Les Valises
Sève Laurent-Fajal

La Fille sous cellophane
Marie Leymarie

Dans tes bras
David Levithan

Des pas dans la neige
Erik L'Homme

15 ans, welcome to England !
Sue Limb

15 ans, charmante mais cinglée
Sue Limb

16 ans ou presque, torture absolue
Sue Limb

16 ans, S.O.S. chocolat !
Sue Limb

Un papillon dans la peau
Virginie Lou

Run Billie
Claire Loup

Enfer et Flanagan
Andreu Martín
et Jaume Ribera

13 ans, 10000 roupies
Patricia McCormick

Ne tombe jamais
Patricia McCormick

Sobibór
Jean Molla

Felicidad
Jean Molla

Silhouette
Jean-Claude Mourlevat

Bouche cousue
Marion Muller-Colard

Le ciel est partout
Jandy Nelson

La Vie blues
Han Nollan

Un été algérien
Jean-Paul Nozière

Bye-bye, Betty
Jean-Paul Nozière

Maboul à zéro
Jean-Paul Nozière

Là où dort le chien
Jean-Paul Nozière

Le Ville de Marseille
Jean-Paul Nozière

Mortelle mémoire
Jean-Paul Nozière

Camp Paradis
Jean-Paul Nozière

Zarbie les yeux verts
Joyce Carol Oates

Sexy
Joyce Carol Oates

Les Confidences de Calypso
Romance royale - 1
Trahison royale - 2
Duel princier - 3
Mariage princier - 4
Tyne O'Connell

Trois Filles en colère
Isabelle Pandazopoulos

Double Faute
Isabelle Pandazopoulos

scripto

Scripto

On s'est juste embrassés
Isabelle Pandazopoulos

La Décision
Isabelle Pandazopoulos

Demandez-leur la lune
Isabelle Pandazopoulos

Là-bas
Leonardo Patrignani

Sur les trois heures après dîner
Michel Quint

Arthur, l'autre légende
Philip Reeve

Mon nez, mon chat, l'amour et… moi
Le Journal intime
de Georgia Nicolson - 1
Louise Rennison

Le bonheur est au bout de l'élastique
Le Journal intime
de Georgia Nicolson - 2
Louise Rennison

Entre mes nunga-nungas mon cœur balance
Le Journal intime
de Georgia Nicolson - 3
Louise Rennison

À plus, Choupi-Trognon
Le Journal intime
de Georgia Nicolson - 4
Louise Rennison

Syndrome allumage taille cosmos
Le Journal intime
de Georgia Nicolson - 5
Louise Rennison

Escale au Pays-du-Nougat-en-Folie
Le Journal intime
de Georgia Nicolson - 6
Louise Rennison

Retour à la case égouttoir de l'amour
Le Journal intime
de Georgia Nicolson - 7
Louise Rennison

Un gus vaut mieux que deux tu l'auras
Le Journal intime
de Georgia Nicolson - 8
Louise Rennison

Le coup passa si près que le félidé fit un écart
Le Journal intime
de Georgia Nicolson - 9
Louise Rennison

Bouquet final en forme d'hilaritude
Le Journal intime
de Georgia Nicolson - 10
Louise Rennison

Je m'appelle Marie
Jacques Saglier

Je reviens
Marie Saint-Dizier

Chanson pour Éloïse
Leigh Sauerwein

Fans de la vie impossible
Kate Scelsa

Ce qu'ils n'ont pas pu nous prendre
Ruta Sepetys

Big Easy
Ruta Sepetys

Le Sel de nos larmes
Ruta Sepetys

Guadalquivir
Stéphane Servant

Miette-de-Lune
Nicky Singer

Rock Addict
C. J. Skuse

Mauvais plans
C. J. Skuse

Poussière rouge
Gillian Slovo

Sans abri
Robert Swindells

Le Gang des Vieux Schnocks
Florence Thinard

La Vie en rouge
Anne Thiollier

Les Révoltés d'Athènes
Mathilde Tournier

Le Maître de la Grèce
Mathilde Tournier

Rendez-vous en septembre
Anne Vantal

Cool de chez cool
Ned Vizzini

La Guerre des rêves
Catherine Webb

L'enfant qui savait tuer
Matt Whyman

Porte-poisse
Margaret Wild

Avez-vous vu Zachary Beaver?
Kimberly Willis Holt

Kiss
Jacqueline Wilson

Toute la beauté du monde n'a pas disparu
Danielle Younge-Ullman

Scripto

ON LIT PLUS FORT.COM

L'ACTUALITÉ DES ROMANS GALLIMARD JEUNESSE

Loi n° 49-956 du 16 juillet 1949
sur les publications destinées à la jeunesse

Mise en page : Françoise Pham

N° d'édition : 378932
ISBN : 978-2-07-515744-5
Dépôt légal : juin 2021
Imprimé en Italie par L.E.G.O. Spa - Lavis (TN)